A través del espejo y lo que Alicia encontró allí

A través del espejo y lo que Alicia encontró allí

Lewis Carroll

Ilustraciones: John Tenniel
Traducción: Benjamin Briggent

Sexta Edición: 2025

Diseño de cubierta: Alejandro Díaz
Maquetación: Saul Rojas

Edita: Plutón Ediciones X, s. l.,

E-mail: contacto@plutonediciones.com
http://www.plutonediciones.com

Impreso en España / Printed in Spain

I.S.B.N anterior: 978-84-15089-99-5

I.S.B.N: 979-13-87692-80-3
Depósito Legal: B-13434-2025

Estudio Preliminar

Lewis Carroll es el famoso seudónimo del inglés Charles Lutwidge Dodgson. Nacido en 1832 en el seno de una familia de clérigos anglicanos y militares de carrera, cursó sus estudios de Matemáticas en Oxford y permaneció allí como profesor hasta el día de su muerte.

Un hombre misterioso y muy talentoso, Charles tuvo una salud muy delicada, lo que lo llevó a desarrollar una personalidad callada y retraída, aunque siempre se sintió a gusto entre niños. Sus obras más famosas son *Alicia en el País de las Maravillas* y su continuación, *A través del espejo y lo que Alicia encontró allí*, ambas escritas para niños y llenas de magia y fantasía. Alcanzó un éxito muy grande con estas novelas, eran los textos más citados de la literatura inglesa después de las obras de Shakespeare, pero pasó el resto de su vida dedicado a su posición de profesor de la cátedra de matemáticas en Oxford, a la fotografía, que era un oficio todavía incipiente para la época, y a la escritura ocasional de más literatura infantil.

En *Alicia*, y posteriormente en su continuación, *A través del espejo*, el mundo de los adultos, incomprensible, irracional e ilógico para los niños, se convierte en una fantasía y un juego como para la mayoría de los niños de la época victoriana que no entendían nada de nada de las órdenes que se les daban. La educación era contradictoria. De un lado se mimaba a los niños como ángeles (en especial cuando eran tiernos infantes), pero por otro se les educaba con un rigor dictatorial y es que cuanto más se les idolatraba, más mal se recibía su comportamiento normal de niños. Todo ello era aumentado por la estricta educación religiosa austera y auténticamente puritana. En esta hipocresía se encuadra el propio autor, soltero, al parecer de educación sexual tan inhibida, que a las únicas mujeres que besó (no se atrevió a más) eran niñas y hasta se permitió hacerles fotografías vestidas con harapos y hasta desnudas.

Alice Liddell es la inspiración de la protagonista de sus obras más conocidas, y no solo por el nombre. La niña quizá fuera el gran amor de su vida, hasta que al llegar a la pubertad, su familia le prohibió frecuentar al genial matemático. Lo cierto es que las famosas obras de Carroll terminan con un poema de veintiún versos y si se leen las letras iniciales de cada uno de ellos se obtiene los nombres y apellido de la famosa niña: Alice Pleasance Liddell.

Carroll fue maestro del *nonsense,* voz inglesa que significa disparate. Se trata de una modalidad literaria en la que lo que se dice es perfectamente claro, pero carece de todo sentido. Se trata de una estrecha franja existente entre el humor y el surrealismo y como actitud literaria esencialmente elusiva, nítida pero incomprensible; encierra enormes dificultades y posee quizá más importancia como fermento imaginativo que como literatura propiamente dicha.

Las paradojas y juegos de palabras de las rimas sin sentido, convirtieron las obras de Carroll en un filón para lógicos y lingüistas, así como para psicólogos, analistas del problema de la identidad.

¡Niño de pura y despejada frente,
y ojos ensoñadores de maravilla!
Aunque el tiempo pase raudo, y tú y yo
estemos separados por media vida,
tu tierna sonrisa seguramente acogerá con gozo
el don de amor de un cuento de hadas.

No he visto tu cara radiante,
ni he escuchado tu risa de plata;
no habrá un pensamiento para mí
en la memoria de tu joven vida…
Ya me basta que ahora quieras
escuchar mi fantástica historia.

Una historia que comenzó en tiempos pasados,
cuando ardían los soles del verano…
una canción simple, que servía para marcar
el ritmo de nuestros remos…
Cuyos ecos viven aún en la memoria,
aunque los años envidiosos inviten al olvido.

¡Ven, escucha entonces, antes que la voz del miedo
cargada de terribles nuevas,
convoque al desagradable lecho
a una melancólica joven!
No somos más que niños grandes, querido,
que nos agitamos ante la cercanía de la hora de dormir.

Afuera, el hielo, la nieve enceguecedora,
el extravagante delirio del viento tormentoso…
Dentro, el rojo resplandor del fuego
y el alegre nido de la infancia.
Las palabras mágicas te protegerán:
no notarás la enloquecida ráfaga.

Y, aunque la sombra de un suspiro
pueda temblar a lo largo de esta historia,
por «los felices días del verano de antaño»
y la desvanecida gloria del verano…
Ese infeliz soplo no mancillará
la gracia de nuestro cuento de hadas.

Prefacio

Como el problema de ajedrez, planteado en la página anterior, ha desconcertado a algunos de mis lectores, quizá sea conveniente explicar que está realizado correctamente, en lo que concierne a las *jugadas*. Quizás el *turno* de Rojas y Blancas no se observa tan estrictamente como debiera, y el «enroque» de las tres Reinas es, simplemente, una manera de decir que entraron en palacio; pero el jaque del Rey Blanco en la sexta jugada, la captura del Caballero Rojo en la séptima, y el «jaque mate» final al Rey Rojo, serán hallados, por cualquiera que se tome la molestia de colocar las piezas y hacer las jugadas indicadas, estrictamente acordes con las reglas del juego.

Lewis Carroll, 1887

Capítulo I
La casa del espejo

Sí, era verdad: Toda la culpa era de la pequeña gata negra, la gatita blanca no tuvo nada que ver con el problema. Y esto debido a que, por lo menos durante el último cuarto de hora, la vieja gata le estaba lavando la cara a la gatita blanca (quien lo aguantaba muy bien, por cierto). Entonces, como ustedes pueden ver, no pudo haber sido parte de esa travesura.

La manera que usaba Dinah para lavarle la cara a sus hijas era la siguiente: primero agarraba a la gatita por la oreja con una de sus patas y luego les restregaba la cara con la otra, de manera errónea, comenzando por la nariz. Como ya lo dije, en ese preciso instante lavaba afanosamente a la gatita blanca, que estaba tendida totalmente paralizada, intentando ronronear. Sin duda, comprendía que su mamá lo estaba haciendo por su bien.

Pero Dinah finalizó antes de lavar a la gatita negra. De manera que, al tiempo que Alicia, recostada en el gran sillón, charlaba un rato consigo misma y otro momento cerraba los ojos y se quedaba dormida, la gatita tuvo una sesión de retozo con el ovillo de lana que su dueña devanó, deshaciéndolo al hacerlo rodar de un lado a otro y jugueteando alegremente con él. Y allí quedó, totalmente desperdigado sobre la alfombra de la chimenea, hecho puros enredos y nudos, con la gatita, atrapada en el medio, persiguiendo su propia cola.

—¡Oh, travieso, animalito travieso! —gritó Alicia cogiendo a la gatita y dándole un besito para hacerle comprender que se había comportado muy mal y había caído en desgracia—. ¡Verdaderamente, Dinah debió enseñarte mejores modales! Dinah, ¡deberías haberlo hecho, tú lo sabes muy bien! —añadió mirando a la vieja gata con gesto de reproche y hablándole tan severamente como podía... luego se fue a sentar en el sillón, con la gatita y la lana, y otra vez empezó a devanar. Pero no progresaba demasiado, porque siempre estaba conversando, unas veces con la gatita y otras consigo misma. Kitty se acomodó sobre la rodilla de Alicia simulando ver cómo progresaba la tarea y, de vez en cuando, extendía una pata para tocar suavemente el ovillo como para demostrar que, si pudiera hacerlo, a ella le encantaría ayudar.

—¿Kitty, sabes qué es mañana? —comenzó Alicia—. Si te hubieses asomado a la ventana conmigo, seguro lo adivinarías... Sólo que no pudiste, porque Dinah te estaba limpiando. Yo estuve viendo cómo los chicos agrupaban ramas para hacer la fogata... ¡Kitty, se requieren muchas ramas! Pero estaba haciendo mucho frío y nevaba tanto que dejaron de hacerlo. Bueno, Kitty, no importa. Iremos a ver la fogata mañana, te lo prometo.

Cuando llegó a este punto, Alicia le dio dos o tres vueltas de lana alrededor del cuello de la gatita Kitty, sólo para ver cómo le quedaban. Esto las llevó a una lucha, durante la cual el ovillo cayó y rodó por el suelo, y kilómetros y más kilómetros de lana se desenrollaron nuevamente.

—¿Sabes, Kitty? —siguió Alicia, después de acomodarse nuevamente en el sillón—. Al ver la travesura que hiciste, me enfadé tanto que casi estuve a punto de abrir la ventana y lanzarte a la nieve. ¡Y, te digo, querida traviesa, lo hubieras merecido! ¿En tu defensa qué podrías alegar? ¡No, no me interrumpas! —continuó alzando un dedo—. Te diré todas tus faltas. Primero: ¡chillaste un par de veces cuando Dinah te estaba limpiando la cara esta mañana! ¡Kitty, no puedes negarlo, porque te escuché! Pero, ¿qué estás diciendo? —(aparentando que la gatita estaba hablando)—. ¿Que ella te colocó la pata en el ojo? Bueno, eso es sólo culpa tuya, porque no los cerraste. Si no los hubieses dejado abiertos, eso no hubiese ocurrido. ¡Está bien, ya basta de excusas y escúchame! Segundo: ¡arrastraste a Copo de Nieve agarrada por la cola cuando coloqué el plato de leche frente a ella! ¿Qué dices, que tenías sed? ¿Y cómo sabes que ella no tenía sed? Tercero: ¡desovillaste la lana, hasta la última hebra, mientras yo no te estaba viendo!

»Kitty, son tres faltas, y aún no te han castigado por ninguna. Sabes que reservo todos tus castigos para el segundo miércoles... Imaginemos que hubieran reservado todos mis castigos —siguió hablando más para ella misma que para Kitty—. ¿Qué harían a final del año? Al llegar el día indicado sería mandada a la cárcel, supongo. O... a ver, vamos a ver... imaginemos que cada castigo fuera no darme comida. ¡Entonces, al llegar el día fatídico, me quitarían cincuenta comidas de una sola vez! ¡Bueno, eso, sinceramente, no me importaría mucho! ¡Yo preferiría que me las quitaran a tener que comérmelas!

»¿Kitty, escuchas el sonido que hace la nieve cuando choca contra los cristales de la ventana? ¡Qué hermoso y suave suena! Es como si afuera alguien le diera un beso a la ventana. Ahora, yo me pregunto si la nieve ama tanto a los campos y a los árboles como para besarlos con tanta ternura. Y luego los arropa con una manta blanca y quizá les dice: "Queridos, duerman hasta que regrese el verano". Kitty, y al despertar en verano se visten de verde y bailan cuando sopla el viento. ¡Oh, es muy hermoso! —dijo Alicia, dejando caer el ovillo para aplaudir—. ¡Y me gustaría mucho que fuera realidad! Yo estoy segura que los bosques se ven como si estuvieran dormidos en otoño, al volverse de color marrón las hojas.

»Kitty, ¿Tú sabes jugar al ajedrez? Vaya, querida, no te rías. Te lo pregunto en serio. Te lo digo, porque cuando estábamos jugando tú nos mirabas como si estuvieras comprendiendo. ¡Y también ronroneaste cuando dije "¡Jaque!"! Sí, Kitty, era un precioso jaque, y yo hubiese ganado de no haber sido por ese horrible y desagradable Caballero que apareció de repente zigzagueando entre mis piezas. Kitty querida, imaginemos...».

Yo querría poder narrarles aquí la mitad de las cosas que Alicia solía decir cuando empezaba con su palabra preferida «Imaginemos». Ella había discutido con su hermana largamente el día anterior, y todo a raíz de que dijo «Imaginemos que somos reyes y reinas». Su hermana, a quien le agradaba la exactitud, argumentó que tal cosa no era posible, porque ellas sólo eran dos. Finalmente, Alicia se vio precisada a decir:

—Muy bien, entonces tú puedes ser uno, y yo seré todos los otros.

Y en una ocasión había atemorizado verdaderamente a su vieja niñera, gritándole repentinamente al oído:

—¡Imaginemos que yo soy una hiena muy salvaje y hambrienta y que usted es un apetitoso hueso!

Sin embargo, esto nos está alejando de la disertación de Alicia a la gatita.

—¡Kitty, imaginemos que tú eres la Reina Roja! Me da la impresión de que si te sientas y cruzas los brazos, te verías igual a ella. ¡A ver, haz la prueba!

Y cogiendo de la mesa a la Reina Roja, la colocó frente a Kitty para que le sirviera de modelo. Pero, la cosa no progresó, principalmente —dijo Alicia— porque Kitty no quería cruzar los brazos correctamente. A manera de castigo, ella la levantó y la sostuvo ante el Espejo, de forma que pudiera ver qué malcriada y obstinada se veía.

—... Y si de inmediato no te comportas bien —añadió—, te colocaré del otro lado, en la Casa del Espejo. Dime ahora, ¿eso qué te parecería?

»Pero, Kitty, si prestas atención y no hablas mucho, te relataré todas las ideas que tengo acerca de la Casa del Espejo. Primeramente, está la habitación que puedes ver a través del cristal... Es idéntica a nuestra sala, la única diferencia es que las cosas van en el sentido opuesto. Cuando me subo a una silla puedo mirarlas todas... todo, excepto el pequeño rincón, detrás de la chimenea. ¡Oh, cómo me encantaría poder mirar ese pequeño rincón! ¡Me encantaría mucho saber si en invierno tienen fuego! No es fácil saberlo, a menos que nuestro fuego se extienda, y así el humo también ascienda a esa sala. Pero eso puede ser solamente simulación para hacer creer que poseen fuego. Pues bien, sus libros son similares a los nuestros, pero las palabras están escritas al revés. Yo lo sé, porque coloqué un libro ante el espejo, y ellos colocaron uno en la otra sala.

»¿Kitty, qué te parecería, vivir en la Casa del Espejo? ¿Allí te darían leche? Tal vez la leche del Espejo no sirve para tomar... ¡Oh, Kitty, ahora entremos al vestíbulo!

Si dejas completamente abierta la puerta de nuestra sala, puedes ver un poquito del vestíbulo de la Casa del Espejo. Y por lo que se puede ver, es muy semejante al nuestro. Solamente que, sabes, puede ser totalmente distinto más allá. ¡Oh, Kitty, sería magnífico si pudiéramos llegar a la Casa del Espejo! ¡Yo estoy segura de que en ella hay cosas bellas y maravillosas! Kitty, imaginemos que hay una forma de llegar, cruzándolo de alguna manera. Imaginemos que el cristal se puso tan tenue y leve como la gasa de modo que podemos atravesarlo. ¡Por Dios, ahora se está transformando en una especie de niebla! Será muy fácil y sencillo pasar a través de él…».

Al decir esto, se encontró sobre la repisa de la chimenea, a pesar de que desconocía cómo había llegado hasta allí. Y ya no había duda de que el cristal comenzaba a disiparse, como una niebla plateada que refulgía.

Un momento después, Alicia lo cruzó y brincaba con mucha agilidad en la sala del Espejo. Primeramente, comprobó si había fuego en la chimenea, y se sintió muy contenta al ver que había uno real, brillando tanto como el que dejó atrás. «De manera que aquí me mantendré tan calentita como en mi vieja sala —pensó Alicia—: mucho más caliente, realmente, ya que aquí no habrá nadie que me llame la atención si me aproximo al fuego. ¡Oh, será muy divertido cuando me miren aquí a través del espejo, y no puedan cogerme!».

Empezó a examinar el sitio y se dio cuenta de que la parte visible desde la vieja sala era totalmente corriente y vulgar y no poseía ningún interés, pero lo demás era muy diferente. Por ejemplo, los cuadros que estaban en la pared cercana al fuego parecían que tenían vida, y el mismo reloj de la chimenea (ustedes saben que en el Espejo solamente se puede ver su parte posterior) tenía la cara sonriente de un viejecito.

«Esta sala no se encuentra tan ordenada como la otra», pensó cuando se dio cuenta de que varias piezas de ajedrez se habían caído entre las cenizas de la chimenea. Pero después de un momento, con un pequeño «¡Oh!» de asombro, se encontraba, con las manos y las rodillas sobre el suelo, mirándolas. ¡Las piezas de ajedrez estaban caminando en parejas!

—Aquí se encuentran el Rey y la Reina Rojos —dijo Alicia (en voz baja, por temor a asustarlos)—, y allá, sentados en el borde del recogedor de cenizas están el Rey y la Reina

Blancos… y aquí van dos Torres caminando del brazo… Creo que no pueden oírme —siguió, aproximando más la cabeza al suelo—, y seguramente no me pueden ver. Estoy sintiendo como si me volviera invisible…

En ese instante algo comenzó a chillar sobre la mesa, a sus espaldas, que la obligó a darse la vuelta justo a tiempo para mirar que uno de los Peones Blancos rodaba y pataleaba; Alicia lo miró con gran curiosidad, esperando lo que seguidamente pudiera ocurrir.

—¡Por Dios, esa es la voz de mi hija! —gritó la Reina Blanca, y corrió en dirección al Peón, empujando al Rey tan violentamente que lo lanzó en medio de las cenizas—. ¡Mi hermosa Lily! ¡Mi gatita imperial! —y comenzó a trepar por el guardafuegos de manera salvaje.

—¡Imperial disparate, querrá decir! —dijo el Rey restregándose la nariz, herida en la fuerte caída. Él tenía derecho a sentirse un poco enojado con la Reina, porque quedó, desde la cabeza y hasta los pies, lleno de ceniza.

Alicia estaba deseosa de ayudar, de ser útil, y como la infortunada Lily gritaba casi al borde de la histeria, cogió a la Reina rápidamente y la colocó sobre la mesa, junto a su chillona y estruendosa hijita.

La Reina se sentó jadeando: el violento viaje por los aires la había dejado totalmente sin aliento, y por uno o dos minutos sólo abrazó en silencio a la pequeña Lily. Apenas recuperó algo de aliento, le gritó al Rey Blanco, quien estaba de muy mal humor y se encontraba sentado entre las cenizas:

—¡Cuidado con el volcán!

—¿De qué hablas? ¿Qué volcán? —dijo el Rey viendo el fuego ansiosamente como si pensara que ese era el sitio propicio para que se encontrara un volcán.

—Me... sopló... arriba —jadeó la Reina, que todavía no había recobrado del todo el aliento—. ¡Ten cuidado, sube... por el sendero acostumbrado... no vayas a ser soplado hacia arriba!

Alicia miró al Rey Blanco mientras él ascendía con mucha lentitud de barra en barra, hasta que al final dijo:

—¡Por favor, si sigue a este ritmo, estará horas y horas tratando de subir a la mesa! Será preferible que lo ayude, ¿no le parece? —pero el Rey no tuvo en cuenta la pregunta. Estaba muy claro que no la podía ver ni escuchar.

Así que Alicia lo cogió con mucha suavidad y delicadeza y lo elevó con más lentitud que a la Reina, con el fin de evitar dejarlo sin aliento. Pero se encontraba tan lleno de ceniza que, antes de colocarlo sobre la mesa, pensó que era conveniente limpiarlo un poco.

Luego relataba que jamás en su vida había visto un rostro como el que puso el Rey cuando se dio cuenta de que una mano invisible lo sostuvo y lo desempolvó en el aire: se encontraba muy asombrado y atónito como para poder gritar, pero sus ojos y su boca se hicieron cada vez más grandes y más redondos, hasta que Alicia sacudió tanto la mano debido a la risa incontenible, que por poco dejó que cayera al suelo.

—¡Por favor, querido mío no haga esas muecas! —dijo sin recordar que el Rey no podía oírla—. ¡Me da tanta risa que casi no puedo sostenerlo! ¡Y ya no abra la boca tan desmesuradamente! ¡Toda la ceniza se le meterá dentro… sin embargo, creo que ya está muy limpio! —añadió al tiempo que le peinaba el cabello con sus manos y lo ponía sobre la mesa, al lado de la Reina.

De inmediato, el Rey cayó de espaldas y quedó completamente paralizado. Alicia sintió algo de temor por lo que hizo y caminó por toda la habitación buscando agua para lanzarle. Pero sólo encontró un frasco de tinta y, cuando volvió con él, se dio cuenta que el Rey se había recuperado y que él y la Reina conversaban asustados en un murmullo… tan bajo, que Alicia apenas podía escuchar lo que estaban diciendo.

El Rey decía:

—¡Querida, te lo juro, todo se me heló por completo, hasta las puntas de los bigotes!

A lo que la Reina contestó:

—Pero tú no tienes bigote, querido.

—¡El horror de ese instante —continuó el Rey—, jamás, jamás voy a olvidarlo!

—Si no lo anotas, lo olvidarás —dijo la Reina.

Con mucho interés, Alicia miró cómo el Rey extrajo de su bolsillo una inmensa libreta de apuntes y comenzó a escribir. Repentinamente, ella tuvo una idea y, agarrando el extremo del lápiz, que estaba sobresaliendo por arriba del hombro del Rey, empezó a escribir en su lugar.

El infortunado Rey se sentía confundido y desdichado. Por un tiempo peleó con el lápiz sin decir una sola palabra, pero Alicia era tan fuerte para él, que al final se rindió jadeando:

—¡Querida mía! Debo encontrar un lápiz más suave y liviano. No logro controlar a éste: escribe todo tipo de cosas que yo no quiero...

—¿Qué tipo de cosas? —interrogó la Reina viendo la libreta (en la que Alicia escribió *«El Caballero Blanco se está deslizando por el atizador. Su equilibrio deja mucho que desear»)*—. ¡Pero ese no es un memorándum de tus sentimientos!

Cerca de Alicia había un libro sobre la mesa. Al tiempo que ella vigilaba sentada al Rey Blanco (aún se encontraba algo preocupada por él y tenía la tinta a mano para lanzársela si volvía a desvanecerse), ojeó las páginas buscando algo interesante que leer, «porque todo esto está en algún idioma que desconozco», pensó.

Durante un rato estuvo confundida, pero finalmente tuvo una idea brillante.

—¡Claro, es un libro del Espejo! ¡Y si lo pongo frente a un espejo, las palabras estarán de nuevo en el buen sentido!

Y este fue el poema que Alicia leyó:

JABBERWOCKY

Brumeaba brillando el negro sol
argiliscosos girospaban y tregureaban los limazos en el redín;

los borogoves estaban misines
y los deros verdales muflaban por fin.

¡Hijo mío, cuídate del Jabberwock!
¡De sus dientes poderosos y sus fauces afiladas!
¡Cuídate del Bandersnatch frumiosoy
y del pájaro Jubjub bravío!

Mas la espada vorpal él empuñó
y persiguió al manxoso sin descanso…
bajo el árbol Tuntún reposó
y pensando, frunció la tersa frente.

¡Y, en medio de muforosos pensamientos,
el Jabberwock, con ojos de flamas,
burbujeaba péstidos alientos
a través de las túlgidas ramas.

Pero ¡zis zas! ¡zis zas! la espada vorpal,
carne y huesos destroza por doquier.
Bien muerto lo dejó y con su cabeza animal
galofrante regresó en su corcel.

«¿Al Jabberwock has muerto?
¡Hijo flamboyante, ven a mis brazos!
¡Oh, día frobioso, oh gozo cierto!»
bufloqueó el viejo con voz llorosa.

Pero brumeaba ya negro el sol
girospaban y tregureaban en el redín;
los borogoves estaban misines
y lo deros verdales muflaban por fin.

—¡Parece muy hermoso —dijo cuando finalizó—, pero no es fácil de entender! —(Como se pueden dar cuenta, a ella no le gustaba confesar, ni siquiera a sí misma, que no lo entendía para nada.)— ¡De alguna manera me llena de ideas la cabeza, sólo que no sé con exactitud cuáles son! Pero, alguien mató algo. Eso está muy claro...

«Pero, ¡oh —pensó, brincando repentinamente—, si no me doy prisa, tendré que volver al otro lado del Espejo sin haber mirado las demás habitaciones de la casa! ¡Antes que todo, veamos el jardín!».

En un momento se encontró fuera de la sala y corría a toda velocidad mientras bajaba las escaleras... Realmente, no se trataba con exactitud de correr, sino de un nuevo invento para descender las escaleras de una manera fácil y rápida, como pensó Alicia. Ella sólo apoyaba las puntas de los dedos sobre el pasamanos y bajaba flotando con suavidad, sin apenas rozar con los pies los escalones. Luego flotó en el vestíbulo, y de la misma forma hubiera atravesado la puerta, si no se hubiese agarrado al marco con todas sus fuerzas. Se sintió muy feliz de estar caminando de nuevo del modo acostumbrado, porque flotar tanto en el aire ya le estaba produciendo mareos.

Capítulo II

El jardín de las flores vivas

—Si lograra alcanzar la cima de esa montaña —pensó Alicia— vería mucho mejor el jardín; y aquí hay un camino que lleva directamente hacia allá... No, no lo hace... —(después de avanzar unos metros por el camino y de doblar varias esquinas)—, pero me imagino que finalmente lo hará. ¡Serpentea de una manera tan extraña! ¡En lugar de un sendero parece un sacacorchos! Muy bien, esta vuelta sí lleva a la montaña, me imagino... ¡No, no lo hace! ¡Conduce derecho de regreso a la casa! Bueno, probaré en el sentido opuesto.

Y así lo hizo: se equivocó por todos lados y probó esquina tras esquina, sin embargo, hiciera lo que hiciera, regresaba siempre a la casa. A propósito, una vez, al girar en un recodo más rápido de lo que lo hacía habitualmente, continuó corriendo deprisa hacia el edificio antes de detenerse.

—Ya es inútil hablar del tema —dijo Alicia, viendo la casa y aparentando que discutía con ella—. Aún no voy a entrar. Sé que tendría que cruzar el Espejo otra vez... para volver a la antigua habitación... ¡y eso significaría el final de mis aventuras!

Y dándole la espalda con firmeza y determinación, empezó a caminar nuevamente por el sendero, resuelta a continuar en línea recta hasta llegar a la montaña. Todo transcurrió muy bien y normal por unos minutos e iba diciendo:

—En esta ocasión sí lo haré —cuando repentinamente el camino se torció y se sacudió (así fue como ella lo describió un tiempo después) y al momento siguiente Alicia estaba frente a la puerta de la casa.

—¡Oh, esto es demasiado para mí! —gritó desesperada—. ¡Jamás vi una casa que se colocara de esa manera en el sendero! ¡Jamás!

Sin embargo, la montaña se divisaba perfectamente, de forma que no había más opción que comenzar de nuevo. En esta ocasión llegó a un inmenso muro de flores, con un sauce y un borde de margaritas creciendo en el centro.

—¡Oh, Tigridia! —dijo Alicia dirigiéndose a una que se bamboleaba grácil al viento—. ¡Me encantaría que pudieras hablar!

—Podemos hablar —dijo la Tigridia—, cuando llega alguien que merezca que se le hable.

Alicia quedó tan asombrada que por un minuto no pronunció ni una sola palabra: daba la impresión de que había perdido completamente el aliento. Finalmente, como la Tigridia sólo seguía balanceándose, la niña habló otra vez con voz tímida… casi en un murmullo.

—¿*Y* todas las flores hablan?

—Sí, tan bien como tú —dijo la Tigridia—, y mucho más fuerte.

—Pero no es correcto que comencemos nosotras, ¿sabes? —dijo la Rosa—. ¡Realmente me estaba preguntando cuándo empezarías a hablar! Yo pensé: «¡Su cara muestra alguna sensibilidad, pero no es inteligente!» Aunque tienes buen color, y eso es bastante.

—Yo no me cuido del color —observó la Tigridia—. Estaría muy bien si sólo sus pétalos fueran algo más rizados.

A Alicia no le agradaba que la criticaran, de manera que comenzó a preguntar:

—¿A veces no tenéis miedo de estar plantadas aquí afuera, sin que haya alguien que los cuide?

—Allí está el árbol del centro —dijo la Rosa—. ¿Para qué otra cosa serviría?

—¿Pero si se presentara un peligro, qué podría hacer? —interrogó Alicia.

—Él podría ladrar —dijo la Rosa.

—Dice «¡Ram, ram!» —exclamó una Margarita—. ¡Es por eso que sus brazos tienen el nombre de ramas!

—¿Pero no sabías eso? —dijo otra Margarita. Y todas comenzaron a gritar al mismo tiempo, hasta que dio la impresión de que el aire se llenaba de vocecitas agudas.

—¡Callaos todas! —gritó la Tigridia, balanceándose con pasión de un lado a otro y trémula de agitación—. ¡Ellas saben que no puedo atraparlas! —sollozó agachando la cabeza temblorosa hacia Alicia—. ¡De ser así, no se atreverían a hacerlo!

—¡Bueno, no importa! —exclamó Alicia tratando de sonar conciliadora y agachándose ante las margaritas, que comenzaban nuevamente, susurró—: ¡Si no se callan, las arrancaré sin piedad!

Durante un momento reinó un silencio sepulcral y algunas de las margaritas rosadas palidecieron transformándose en blancas.

—¡Eso está muy bien! —dijo la Tigridia—. ¡Las peores son las margaritas! ¡Cuando hablo, todas contestan a coro, y escuchar cómo continúan es suficiente para marchitarse!

—¿Pero explíquenme cómo es que todas ustedes hablan perfectamente? —interrogó Alicia con la esperanza de que con el cumplido se pusiera de mejor humor—. Yo estuve antes en muchos jardines, pero ninguna flor hablaba.

—Siente el suelo bajando tu mano —dijo la Tigridia—. Entonces conocerá el porqué. Así lo hizo Alicia.

—Está muy duro —dijo—, pero aún no veo qué tiene que ver.

—En gran parte de los jardines —dijo la Tigridia— los jardineros hacen las camas muy suaves y blandas... de manera que a las flores les da mucho sueño y siempre están dormidas.

Esto parece un buen motivo, y Alicia quedó fascinada de conocerlo.

—¡Jamás había pensado en eso! —dijo.

—Mi opinión es que tú jamás has pensado en absoluto —dijo la Rosa severamente.

—¡Jamás conocí a nadie que pareciera más estúpido! —dijo una Violeta, tan de sorpresa, que Alicia casi brincó, ya que esa flor aún no había hablado.

—¡Silencio, contén tu lengua! —gritó la Tigridia—. ¡Como si tú hubieras visto a alguien jamás! ¡Bajo las hojas tienes la cabeza y allí duermes todo el día y vives roncando! ¡Tú no sabes nada de lo que sucede en el mundo, cualquier capullo sabe más que tú!

—¿En el jardín hay alguna persona como yo? —dijo Alicia, resolviendo no darse por enterada del último comentario de la Rosa.

—Sí, en el jardín existe otra flor que se mueve igual que tú —dijo la Rosa—. A veces me pregunto cómo lo hacen ustedes... —(«Te estás haciendo preguntas todo el tiempo», pensó la Tigridia)—, pero ella es más frondosa.

—¿Pero es como yo? —interrogó Alicia, porque un pensamiento atravesó por su mente: «¡En algún lugar del jardín hay otra niña como yo!».

—Bueno, ella tiene la misma apariencia desaliñada que tú —dijo la Rosa—, pero es... es más roja... y me parece que sus pétalos son más cortos.

—Se parecen a los de una dalia, porque se cierran hacia arriba —comentó la Tigridia—. No como los tuyos, que caen.

—Pero, querida, tú no tienes la culpa de eso —añadió la Rosa amablemente—. Lo que sucede es que estás comenzando a marchitarte, sabes... y, en ese caso, uno no puede evitar que los pétalos se le estropeen.

A Alicia no le agradó nada esa idea, de manera que para cambiar de tema preguntó:

—¿Pero ella viene aquí alguna vez?

—Me atrevo a decir que la podrás ver muy pronto —dijo la Rosa—. ¿Sabes? Ella es de la especie de nueve espinas.

—¿Pero dónde las tiene? —interrogó Alicia con curiosidad.

—Obviamente que alrededor de la cabeza —respondió la Rosa—. Yo me preguntaba si tú no tendrías algunas también. Me imaginaba que eso era lo natural.

—¡Ella está llegando! —gritó el Delfino—. ¡Escucho sus pasos, tamp, tamp, en el camino de grava!

Ansiosa, Alicia miró a su alrededor y se dio cuenta que se trataba de la Reina Roja.

—¡Creció mucho! —fue su primer comentario. Sin duda había crecido. Cuando la vio por primera vez entre las cenizas sólo tenía tres pulgadas de estatura... ¡y ahora aquí estaba y era media cabeza más alta que Alicia!

—Es el viento fresco el que lo hace —dijo la Rosa—. Aquí afuera hay un viento extraordinariamente bueno.

—Creo que iré a su encuentro —dijo Alicia, ya que, a pesar de que las flores eran muy interesantes, pensó que lo sería más aún charlar con una auténtica Reina.

—Pero no puedes hacer eso —dijo la Rosa—: Yo te sugeriría avanzar hacia el lado contrario.

A Alicia esto le pareció muy absurdo, de manera que se quedó callada y salió inmediatamente en busca de la Reina Roja. Para su asombro, en un instante la perdió de vista y se encontró otra vez ante la puerta de entrada.

Un poco contrariada, retrocedió y, después de observar hacia todos lados en busca de la Reina (a la que por fin logró ver muy lejos), decidió, en esta ocasión, poner en práctica la idea de avanzar en la dirección contraria.

El resultado fue magnífico. No había caminado un minuto cuando se halló frente a la Reina Roja y viendo la montaña que tanto había querido alcanzar.

—¿Niña, de dónde vienes? —preguntó la Reina Roja—. ¿Y adónde vas? Alza la vista, habla con educación y fineza y no te retuerzas los dedos todo el tiempo.

Alicia siguió todas estas instrucciones y, lo mejor que pudo, le explicó que había perdido su sendero.

—Ignoro qué quieres decir con tu sendero —exclamó la Reina—. Aquí todos los senderos me pertenecen... Pero, ¿por qué has salido aquí, de todas maneras? —añadió en tono más cortés—. Mientras piensas qué decir, haz una reverencia. Así vas a ganar tiempo, niña.

Ante esto, Alicia se asombró un poco, pero le tenía mucho temor a la Reina como para no creer en ella. «Cuando regrese a casa lo probaré —pensó—, la siguiente vez que llegue tarde para la hora de la comida».

—Ya es tiempo de que respondas —dijo la Reina mientras miraba su reloj—. Cuando hables abre la boca un poco más y siempre di: «Su Majestad».

—Solamente deseaba mirar cómo era el jardín, Su Majestad...

—Así me gusta, eso está muy bien —dijo la Reina, dándole unas palmadas en la cabeza, lo que no le agradó nada a Alicia—. Sin embargo, cuando tú dices «jardín»... Éste sería un yermo comparado con los jardines que yo he visto.

Alicia no se atrevió a discutir este asunto, pero siguió:

—... y resolví buscar el sendero hasta la cima de esa montaña...

—Cuando dices «montaña» —interrumpió la Reina—, yo podría mostrarte montañas que, comparadas, llamarías a ésta valle.

—No, no lo haría —dijo Alicia asombrada de estar contradiciéndola por fin—. Una montaña jamás puede ser un valle. Eso sería absurdo, un tremendo disparate…

La Reina Roja sacudió la cabeza.

—Si lo deseas puedes llamarlo «disparate» —dijo—. ¡Pero yo he escuchado disparates a cuyo lado ése sería tan exacto como un diccionario!

Alicia hizo otra vez una reverencia, ya que el tono de la Reina le hizo temer que se sintiera un poco ofendida. Y las dos caminaron en silencio hasta alcanzar la cima de la pequeña montaña.

Alicia se mantuvo callada durante unos minutos, viendo el país en todas direcciones… era un país de lo más curioso. Había un sinnúmero de pequeñísimos arroyuelos que lo atravesaban rectamente de lado a lado y, entre ellos, el terreno se dividía en cuadrados por algunos setos que iban de arroyuelo a arroyuelo.

—¡Estoy segura de que está marcado exactamente como un inmenso tablero de ajedrez! —dijo Alicia finalmente—. ¡En alguna parte debería haber unos hombres moviéndose!… ¡Y allá se encuentran! —añadió con embeleso. Su corazón empezó a latir aceleradamente, mientras seguía—:

Es una enorme partida de ajedrez que se está jugando ahora... Y sobre el mundo entero... Si es que acaso esto es el mundo. ¡Oh, pero qué entretenido es! ¡Me encantaría ser uno de ellos! Es que no me importaría ser un Peón, si tan sólo pudiera participar... aunque, claro que preferiría ser una Reina.

Cuando dijo esto, miró cautelosamente a la auténtica Reina, pero ella solamente sonrió satisfecha y dijo:

—Eso es muy sencillo de arreglar. Si quieres, puedes ser el Peón Dama Blanco, ya que Lily es muy joven para jugar. Comenzarás en la Segunda Casilla: y cuando llegues a la Octava serás Reina...

En ese momento, por un motivo u otro, comenzaron a correr.

Mucho tiempo después, cuando pensaba en eso, Alicia jamás logró descubrir por qué comenzaron. Sólo recuerda que corrían agarradas de la mano, que la Reina lo hacía rápidamente y que lo único que ella podía hacer era permanecer a su lado. Pero la Reina no dejaba de gritar: «¡Más rápido! ¡Más rápido!» Sin embargo, Alicia sentía que no podía seguir corriendo, pero ya no tenía aliento para decirlo.

La parte más rara de la cuestión fue que los árboles y todo a su alrededor no cambiaban de sitio; aunque corrían a mucha velocidad, siempre estaban en el mismo lugar. «¿Pero todas las cosas se movilizarán con nosotras?», pensó Alicia, muy confundida. Y la Reina, que pareció adivinar su pensamiento, gritó:

—¡No intentes hablar! ¡Más rápido!

Pero no es que Alicia tuviera la más mínima intención de hacerlo. Ella sentía como si no pudiera hablar más en lo que le quedaba de existencia, porque ya no tenía aliento. Y sin embargo la Reina seguía gritando:

—¡Más rápido! ¡Más rápido! —y la arrastraba.

—¿Ya estamos cerca del sitio? —finalmente, logró pronunciar Alicia jadeando.

—¡Cerca del sitio! —repitió como un eco la Reina—. ¡Por Dios, hace diez minutos que lo pasamos! ¡Más rápido! Y, con el aire silbando insistentemente en los oídos de Alicia, continuaron corriendo calladas durante un tiempo y por poco arrancándole los cabellos, según suponía ella.

—¡Vamos! ¡Vamos! —gritó la Reina—. ¡Más rápido! ¡Más rápido! Y siguieron a tanta velocidad que, al final, daba la impresión de que se deslizaban por el aire, sin tocar casi el suelo con los pies. Hasta que repentinamente, en el momento exacto cuando Alicia estaba totalmente agotada, exhausta, pararon, y la niña se sentó en el suelo, mareada y sin aliento. La Reina la llevó hasta la sombra de un árbol y la apoyó en su tronco, luego le dijo con mucha cortesía:

—Ahora podrás descansar un poco.

Asombrada, Alicia miró a su alrededor y dijo:

—¡Vaya, me da la impresión de que hemos estado bajo este árbol siempre! ¡Todo está igual que antes!

—Claro —dijo la Reina—. ¿Pero qué estabas esperando?

—Bueno, en nuestro país —dijo Alicia aún jadeando un poco—, si uno corre rápidamente por mucho tiempo, como lo hemos hecho las dos, llega a algún otro sitio.

—¡Uff, pero qué país tan lento! —exclamó la Reina—. Como ves, aquí tienes que correr todo lo que puedas para permanecer en el mismo sitio. Si deseas llegar a algún otro lugar, debes correr por lo menos el doble de la velocidad.

—¡Por favor, preferiría no probarlo! —dijo Alicia—. Estoy muy feliz de encontrarme aquí... ¡Pero tengo mucho calor y demasiada sed!

—¡Sé qué te encantaría! —dijo la Reina de muy buen humor, extrayendo una cajita del bolsillo—. ¿Quieres un bizcocho?

Alicia creyó que sería muy poco amable de su parte decir «no», a pesar de que de ninguna manera quería eso. Entonces, lo cogió y se lo comió como pudo: estaba demasiado seco y pensó que jamás en su vida estuvo tan cerca de ahogarse como ahora.

—Yo haré las mediciones —dijo la Reina—, mientras tú te refrescas.

Al decir esto extrajo del bolsillo una cinta señalizada en pulgadas y comenzó a medir el terreno, clavando pequeñas estacas aquí y allá.

—Cuando llegue a las dos yardas —dijo clavando una estaquilla para indicar la distancia— te explicaré las instrucciones... ¿deseas otro bizcocho?

—No, gracias. ¡Con uno ya es suficiente!

—¿Calmó tu sed? —dijo la Reina.

Alicia no supo qué responder ante esta pregunta, pero, afortunadamente, la Reina no esperó su respuesta, sino que siguió:

—Las repetiré al final de las tres yardas... por miedo a que las recuerdes. Te diré adiós al final de cuatro. ¡Y me marcharé al final de cinco!

En este instante ya había clavado todas las estacas, y Alicia la miró con mucho interés cuando volvió hacia el árbol, y empezó a andar poco a poco a lo largo de la fila.

Cuando llegó a la estaca de los dos metros, giró y expresó:

—Como sabes, un peón, en su primer movimiento, camina dos casillas. De manera que a través de la Tercera Casilla pasarás muy rápidamente... por ferrocarril, supongo... y en un abrir y cerrar de ojos estarás en la Cuarta Casilla. Bueno, esa casilla es de Tweedledum y Tweedledee... la Quinta es principalmente agua... la Sexta es de Humpty Dumpty... Pero, ¿no comentas nada?

—Yo... yo no sabía qué tenía que comentar algo... —dijo Alicia tartamudeando.

—Deberías haber comentado algo —continuó la Reina con voz de reprobación—: «Es exageradamente amable de su parte decirme todo esto»... Sin embargo, imaginemos que lo has dicho... La Séptima Casilla es todo bosque... pero uno de los Caballeros te mostrará el sendero... ¡y en la Octava Casilla seremos Reinas juntas, y todo será diversión, alegría y fiesta!

Alicia se puso de pie, hizo una reverencia y se sentó de nuevo.

Cuando llegó a la siguiente estaca, la Reina se dirigió otra vez a Alicia, diciendo ahora:

—¡Cuando no encuentres la palabra inglesa para una cosa habla en francés... Al caminar dirige los pies hacia afuera... y acuérdate siempre de quién eres!

En esta ocasión no esperó que Alicia hiciera la reverencia, sino que caminó a toda velocidad hasta la próxima estaca. Allí se dio la vuelta un instante para decir «Adiós», y luego avanzó deprisa hacia la última.

Alicia jamás supo cómo ocurrió, pero justamente al llegar a la última estaca la Reina desapareció. Si se esfumó en el aire o si echó a correr deprisa hacia el bosque («¡Y ella es *capaz* de correr muy rápido!», se dijo Alicia), no había forma de adivinarlo. Lo único cierto era que no estaba, y Alicia empezó a acordarse de que ella era un Peón y que muy pronto el instante de su movimiento llegaría... sí, muy pronto....

Capítulo III
Los insectos del espejo

Sin duda, tenía que hacer, antes que nada, una extensa y profunda investigación del país por el que realizaría la travesía. «Esto es algo muy similar a estudiar geografía», pensó colocándose de puntillas tratando de mirar un poco más. «Ríos principales... no existe ninguno. Montañas principales... estoy sobre la única que existe, pero a lo mejor no tiene nombre. Ciudades principales... ¡Por Dios! ¿Qué son esos insectos que están fabricando miel allá abajo? No creo que sean abejas. Jamás nadie ha visto abejas a la distancia de una milla...». Se mantuvo callada durante un breve instante mirando a una que trabajaba entre las flores, en las que metía su trompa «tal como si fuera una auténtica abeja», se dijo Alicia.

Sin embargo, podía ser cualquier cosa, menos una verdadera abeja. De hecho, como Alicia pronto se dio cuenta, se trataba de un elefante, a pesar de que, al principio, esta idea casi la dejó sin aire. «¡Pero esas flores deben ser inmensas!» —fue lo que pensó seguidamente—. Algo aparecido a casas de campo a las que se les quitó los techos y se les colocó sobre un tallo. ¡Y deben hacer una enorme cantidad de miel! Mejor voy a bajar y... No, no aún no deseo bajar —siguió, deteniéndose cuando ya había comenzado a correr montaña abajo e intentando encontrar una buena excusa que justificara su súbita prudencia—. De nada servirá descender sin una rama muy grande para apartarlos...

¡Será muy divertido cuando me pregunten si me agradó el paseo! Diré: «¡Oh, sí, me encantó!» (aquí seguía su sacudidita favorita de cabeza). «¡Lo único es que había mucho calor y polvo, y los elefantes molestaban demasiado!».

—Mejor bajaré por el otro lado —añadió después de una breve pausa—. Y tal vez visite a los elefantes después. ¡A parte de eso, tengo tantos deseos de llegar a la Tercera Casilla!

Alicia corrió colina abajo esgrimiendo esta excusa y brincó sobre el primero de los seis arroyuelos que existían en ese lugar.

****

—¡Por favor, billetes! —dijo el Revisor sacando la cabeza por la ventanilla.

En un momento, todos mostraban sus billetes, que tenían casi el mismo tamaño de un ser humano y parecían cubrir el vagón.

—¡Niña, vamos! ¡Enseña tu billete! —siguió repitiendo el Revisor viendo con rabia a Alicia.

Y un sinnúmero de voces gritaban al unísono («Parece el estribillo de una melodía», se dijo Alicia):

—¡Pequeña, no lo hagas esperar! ¡Mil libras el minuto vale su tiempo!

—Ayy, me temo que no lo tengo —dijo Alicia con mucho miedo—. En el sitio del que vengo no había ninguna taquilla.

El coro de voces habló nuevamente:

—¡En el lugar del que proviene no había sitio para una taquilla! ¡Allí la tierra tiene un valor de mil libras la pulgada!

—¡No busques excusas! —exclamó el Revisor—. Debiste comprarle uno al conductor.

Y otra vez el coro de voces dijo:

—El hombre que conduce el vehículo. ¡Solamente el humo tiene un valor de mil libras la bocanada!

Alicia se dijo: «Entonces, no sirve para nada hablar». En esta ocasión las voces no se unieron, debido a que ella no había dicho nada. Sin embargo, para su asombro, todas pensaron a coro (ojalá que ustedes sepan qué significa pensar a coro… porque, para ser sincera, yo no lo sé): «Es preferible no decir nada. ¡El lenguaje tiene un valor de mil libras la palabra!».

«¡Estoy segura que esta noche soñaré con mil libras!», pensó Alicia. Mientras tanto, el Revisor no había dejado de mirarla; inicialmente con un telescopio, luego con un microscopio y después con unos gemelos de teatro. Finalmente dijo:

—Niña, viajas en la dirección errónea —después cerró la ventanilla y se marchó.

—¡Una niña tan pequeña —dijo el caballero que se encontraba sentado frente a ella (y que vestía con un papel blanco)— debería conocer en qué dirección viaja, aunque no supiera su propio nombre!

Un Chivo, que se encontraba sentado junto al caballero de blanco, cerró los ojos y, en voz alta, dijo:

—¡Aunque no conociera el alfabeto, debería saber dónde está la taquilla!

Al lado del Chivo se encontraba sentado un Escarabajo (en realidad era un grupo de pasajeros muy curioso), y, como hablar por turnos parecía la regla, él siguió:

—¡Ella deberá salir desde aquí como si fuera un equipaje!

Alicia no alcanzaba a ver quién se encontraba sentado detrás del Escarabajo, pero, a continuación, una voz ronca dijo.

—Cambien las máquinas… —ahí se ahogó y se vio obligado a renunciar.

«Parece un caballo», se dijo Alicia. Y, cerca de su oído, una voz exageradamente pequeña dijo:

—Sobre eso podrías hacer un chiste…; algo con «ronco» y «caballo», ¿sabes?

Después, desde lejos una voz muy dulce dijo:

—Ella tendría que llevar una etiqueta que diga «cuidado, frágil», ¿no les parece?…

Y luego continuaron otras voces («¡Cuántas personas hay en este vagón!», pensó Alicia) exclamando: «…Como tiene una cabeza como la de los sellos debe ser enviada por correo…» «…Debe ser enviada como un mensaje por telégrafo…» «...Durante el resto del viaje debe arrastrar el tren…». Y otros comentarios parecidos.

Pero, inclinándose hacia ella, el caballero con traje de papel blanco le murmuró al oído:

—Querida, no prestes atención a lo que digan, pero saca un billete de regreso cada vez que el tren pare su marcha.

—¡Claro que no lo voy a hacer! —dijo Alicia con un poco de impaciencia—. ¡Yo no tengo nada que ver con esta travesía en tren! ¡Yo me encontraba en un bosque... y desearía poder regresar allí cuanto antes!

—Con eso podrías hacer un chiste —dijo la vocecita cerca de su oído—. Algo así como «lo harías si pudieras», ¿no crees?

—Ya no me moleste más —dijo Alicia intentando, sin mucha suerte, descubrir de dónde provenía aquella voz—. Pero si tiene tantos deseos de hacer un chiste, ¿por qué no lo hace usted mismo?

La vocecita suspiró hondamente. Era evidente que era muy desafortunada, y, para consolarla, Alicia le hubiera dicho algo piadoso, «si por lo menos suspirara como el resto de las personas», pensó. Pero se trataba de un suspiro tan asombrosamente diminuto, que ella jamás lo hubiera escuchado si no viniera de un sitio tan próximo a su oído. Como producto de esto sintió un fuerte cosquilleo en su oreja que alejó por completo de sus pensamientos la desgracia de la infortunada criaturita.

—Estoy segura de que eres una amiga —continuó la vocecita—, una vieja y querida. Y que no quieres perjudicarme, a pesar de que sea un insecto.

—¿Qué tipo de insecto eres? —interrogó Alicia algo ansiosa. Lo que verdaderamente deseaba saber era si el insecto la podía picar o no, pero le dio la impresión de que esa no era una pregunta ni educada ni agradable.

—¿Cómo, entonces no te?... —comenzó la vocecita, cuando fue ahogada por un estruendoso silbido de la locomotora y, alarmados, todos brincaron, aun Alicia.

El Caballo sacó la cabeza por la ventanilla, volvió a meterla calmadamente y dijo:

—Es solamente un pequeño arroyo que tenemos que saltar.

Todos parecieron satisfechos con esta explicación, a pesar de que Alicia se sintió algo inquieta ante la idea de ferrocarriles saltando, independientemente de la forma cómo lo hicieran.

—¡Bueno, en fin, nos conducirá a la Cuarta Casilla, y eso es un verdadero consuelo! —pensó.

Después de un instante, sintió que el vagón saltaba por los aires. Debido al miedo que sentía, se agarró de la cosa más próxima a su mano, que era, nada más y nada menos, que la barba del Chivo.

****

Pero, cuando la tocó, la barba pareció fundirse y Alicia se vio sentada serenamente bajo un árbol, al tiempo que el Mosquito (porque ese precisamente era el insecto con el que ella estuvo hablando) se bamboleaba sobre una ramita, por encima de su cabeza, y con las alas la abanicaba.

Ciertamente, se trataba de un Mosquito inmenso. «Casi de la estatura de un pollo», se dijo Alicia. Sin embargo, ella no se sentía nerviosa junto a él, debido a que ambos habían charlado tanto.

—...¿Entonces, no te gustan los insectos? —continuó el Mosquito, con tanta calma que se podría pensar que no había ocurrido nada.

—Sólo me agradan cuando saben hablar —dijo Alicia—. En el país del que yo provengo ninguno habla.

—¿Qué tipo de insectos has tenido el placer de conocer en el país de donde tú provienes? —insistió el Mosquito.

—A mí los insectos no me producen ningún placer —explicó Alicia—, porque les tengo algo de temor… al menos, a los grandes. Pero le puedo decir algunos de sus nombres.

—A propósito, ¿ellos responden a sus nombres? —preguntó el Mosquito con displicencia.

—No sabía que pudieran hacerlo.

—¿De qué sirve que tengan nombres —dijo el Mosquito— si cuando se les llama no contestan?

—Sí, es inútil para ellos —dijo Alicia—, pero imagino que es útil para las personas que los nombran. Si no fuese así, ¿por qué tienen nombres las demás cosas?

—No tengo idea —contestó el Mosquito—. En el bosque, allí abajo, no tienen nombres… Bueno, no importa, enséñame tu lista de insectos.

—Bueno, está el Tábano o Mosca de Caballo —comenzó Alicia, contando los nombres con los dedos.

—Está bien —dijo el Mosquito—. Si ves a mitad de sendero, arriba de ese matorral, observarás a una Mosca «Caballito de madera». Está completamente hecha de madera y avanza balanceándose de rama en rama.

—¿Pero qué come? —interrogó Alicia con mucha curiosidad.

—De serrín y savia —respondió el Mosquito—. Sigue con la lista.

Alicia observó con mucho interés a la Mosca «Caballito de Madera», y concluyó que hace muy poco la habían terminado de pintarla, porque se veía muy pegajosa y brillante. Después prosiguió.

—También está la Libélula.

—Ve la rama que se encuentra sobre tu cabeza —dijo el Mosquito—, y hallarás una Libélula de Fuego. Su cuerpo es de budín, sus alas son de hojas de acebo y su cabeza es una uva pasa ardiendo en brandy.

—¿Pero de qué vive? —preguntó Alicia, como lo había hecho anteriormente.

—De *frumenti* y pastel de carne picada —contestó el Mosquito—. Y en cajas de Navidad construye sus nidos.

—Y luego está la Mariposa —continuó Alicia, después de echar una prolongada mirada al insecto que tenía la cabeza en llamas, y pensar: «¿A los insectos les fascinará tanto volar junto a las velas porque quieren convertirse en Libélulas de Fuego?».

—Arrastrándose por tus pies —dijo el Mosquito (Alicia retrocedió asustada)—, puedes ver a una Mariposa «Pan con Mantequilla». Delgadas rebanadas de pan con mantequilla son sus alas, su cabeza es un terrón de azúcar y su cuerpo es una corteza.

—¿Y de qué se alimenta?

—De nata montada sobre té liviano.

En la cabeza de Alicia se presentó una dificultad.

—¿E imaginando que no consiguiera?

—Entonces perecería, claro.

—Pero esto debe ocurrir muy frecuentemente —comentó Alicia pensativa.

—Ocurre todo el tiempo —dijo el Mosquito.

A continuación, Alicia se mantuvo callada durante uno o dos minutos, analizando la cuestión. Mientras, el Mosquito se distrajo zumbándole alrededor de la cabeza, hasta que, al fin, se posó de nuevo y comentó:

—¿Imagino que te gustaría perder tu nombre?

—No, de ningún modo —dijo Alicia con un poco de preocupación.

—Pero, no sé... —continuó el Mosquito en tono descuidado—. ¡Sólo piensa en lo conveniente que sería que pudieras arreglarte para regresar a casa sin tu nombre! Te pondré un ejemplo: si la institutriz te llama para las lecciones, diría «Ven aquí...», y tendría que abandonar la idea, ya que no tendría ningún nombre para llamarte y, claro, tú no acudirías, ¿entiendes?

—Yo estoy totalmente segura de que eso no funcionaría —dijo Alicia—. La institutriz jamás me perdonaría las clases por ese simple motivo. Si no se acordara de mi nombre, sólo me llamaría «Señorita», como hacen los sirvientes.

—Muy bien, si dice «Señorita» y no dice algo más —comentó el Mosquito—, por supuesto tú te perderías las clases… Esto es un chiste. Espero que lo hayas comprendido.

—¿Pero por qué tendría que hacerlo? —dijo Alicia—. Es un muy mal chiste.

El Mosquito suspiró hondamente y dos grandes lágrimas rodaron por sus mejillas.

—Usted no debería hacer chistes —dijo Alicia—, si eso lo pone tan triste y lo hace tan desgraciado.

Luego, se produjo otro de esos pequeños suspiros llenos de melancolía y en esta ocasión el infortunado Mosquito en realidad pareció suspirar lejos, ya que cuando Alicia alzó la vista ya no había nada sobre la ramita, y como ya estaba sintiendo mucho frío de tanto estar allí sentada, se puso de pie y comenzó a caminar.

En poco tiempo llegó a un espacio abierto y descubierto desde el que se podía ver un bosque. Daba la impresión de que era mucho más sombrío que el bosque anterior, y Alicia enfrentó, con un ligero temor, la idea de adentrarse en él. Pero, después que lo pensó dos veces, decidió hacerlo, «debido a que, sin duda, no volveré atrás», pensó, y ese era el único sendero que conducía a la Octava Casilla.

—Seguro este es el bosque —se dijo— donde nada tiene nombre. ¿Oh, qué será de mi nombre cuando me interne en él? No me gustaría perderlo… porque otro, y estoy casi segura de que sería feo. ¡Pero podría ser divertido entonces intentar hallar al que tuviera mi nombre anterior! Igual a los anuncios que colocan las personas que han perdido un perro: «Tiene un collar de bronce y responde al nombre de *Dash*»... ¡Imagínense, llamando a todas las cosas que viera *Alicia*, hasta que una me conteste! Solamente que no responderían, si fueran discretas y prudentes.

De esta manera estaba divagando cuando llegó al lindero del bosque, que parecía sombrío y fresco.

—Bueno, de todas formas es un absoluto alivio —dijo, al tiempo que pasaba bajo los árboles—, después de aguantar tanto calor, arribar a... a... ¿a dónde? —y continuó, algo asombrada por no lograr acordarse de la palabra—: ¡Yo quise decir arribar bajo los... bajo los... bajo esto, saben! —Y colocando su mano sobre el tronco del árbol, añadió—: ¿Pero cómo se llama? ¡Pienso que no tiene ningún nombre! ¡Vaya, por supuesto que no lo tiene!

Se mantuvo durante un minuto callada pensando. Luego, repentinamente, comenzó de nuevo.

—¡Entonces, en verdad ha ocurrido, después de todo! ¿Y quién soy yo ahora? ¡Si puedo, lo recordaré! ¡Estoy decidida a hacerlo!

Pero estar decidida no la ayudó mucho, y sólo pudo decir, luego de tanto pensar, esto:

—¡L, sé que comienza con la letra L! En ese justo momento apareció un Cervatillo que estaba vagando: vio a Alicia con sus tiernos y grandes ojos, pero no pareció atemorizarse.

—¡Aquí, ven aquí! ¡Ven aquí! —dijo Alicia mientras extendía la mano y trataba de acariciarlo, pero el Cervatillo dio un brinquito hacia atrás y empezó a verla otra vez.

—¿Cuál es tu nombre? —preguntó el Cervatillo finalmente.

¡Qué voz tan dulce tenía! «¡Cómo me gustaría saberlo!», pensó la pobre Alicia, y respondió un poco triste:

—Por el momento, Nada.

—Pero, piénsalo de nuevo —dijo el Cervatillo—. Eso no puede ser.

Alicia pensó, pero nada extrajo de ello.

—¿Podrías decirme cuál es tu nombre, por favor? —preguntó con timidez—. Tal vez eso en algo me ayudará.

—Bueno, si me acompañas un poco más allá te lo diré —dijo el Cervatillo—. Aquí no me puedo acordar.

Anduvieron juntos por el bosque, Alicia tenía los brazos enlazados afectuosamente alrededor del suave cuello del Cervatillo, hasta que alcanzaron otro claro. Aquí, el animalito dio un violento brinco en el aire y se zafó de los brazos de Alicia.

—¡Yo soy un Cervatillo! —gritó—. ¡Y, por Dios, tú eres una niña humana! —Una luz de alarma se prendió súbitamente en sus grandes y hermosos ojos pardos, y en un santiamén escapó velozmente.

Alicia vio su huida y estuvo a punto de llorar, triste y agobiada por haber perdido tan repentinamente a su apreciado compañero de travesía.

—Bueno, al menos ahora sé mi nombre —dijo—. Eso es un consuelo. Alicia... Alicia... Ya no lo olvidaré. Y ahora, ¿de cuál de esos postes me debería fiar?

Esta pregunta era fácil de contestar, ya que sólo había un camino a través del bosque y los dos postes indicaban en su dirección.

—Tomaré una decisión —pensó Alicia— cuando el sendero se divida en diferentes direcciones.

Sin embargo, no se veía probable que eso sucediera. Anduvo y anduvo un trecho largo, pero en cada ocasión que el sendero se dividía era seguro que ambos postes indicaban la misma dirección. Uno decía: Al hogar de Tweedledum y el otro al hogar de Tweedledee.

—¡Imagino —dijo Alicia al final— que viven en la misma casa! ¿Pero cómo no se me ocurrió anteriormente?... Pero no podré permanecer allí por mucho tiempo. Sencillamente llamaré y diré «¿Ustedes cómo están?», y les preguntaré cuál es la salida del bosque. ¡Si antes de que anocheciera pudiera llegar a la Octava Casilla!

Continuó divagando, hablando sola al tiempo que avanzaba, hasta que al doblar una violenta curva se encontró con dos gorditos. El encuentro fue tan repentino que Alicia retrocedió de un brinco, pero en un momento se recuperó y se sintió muy segura al darse cuenta de que se trataba de...

Capítulo IV
Tweedledum y Tweedledee

Cada uno con un brazo rodeaba el cuello del otro y se encontraban de pie bajo un árbol. Al momento, Alicia logró identificarlos, ya que el que estaba a la izquierda tenía la palabra «dum» bordada en el cuello de la camisa, y el de la derecha, la palabra «dee».

—Imagino —pensó la niña— que los dos deben tener escrito «tweedle» en la parte posterior del cuello.

Se encontraban inmóviles, como paralizados, por lo que Alicia se olvidó por completo de que vivían, y ya estaba retrocediendo para mirar si la palabra «tweedle» se encontraba escrita en la parte posterior de cada cuello, cuando fue sorprendida por una voz que venía del que tenía la palabra «dum».

—Si piensas que somos unas figuras de cera, deberías pagar, ya sabes. Las figuras de cera no fueron creadas para ser vistas gratuitamente. ¡De ningún modo!

—Pero, al contrario —añadió «Dee»—, si piensas que estamos vivos, deberías charlar con nosotros.

—Les juro que lo lamento profundamente —Alicia sólo pudo decir eso, porque las palabras de la antigua canción se agolpaban en su cabeza como el tic-tac de un reloj, y a duras penas logró contenerse para no pronunciarlas en voz alta:

Tweedledum y Tweedledee
estuvieron de acuerdo en batirse en duelo,
porque Tweedledum dijo que Tweedledee
había dañado su bello sonajero nuevo.

Entonces descendió un cuervo monstruoso,
negro como un barril de alquitrán,
y asustó tanto a los dos héroes,
que ellos olvidaron por completo su duelo.

—Ya sé qué estás pensando —dijo Tweedledum—. Pero te aseguro que no es así, de ningún modo.

—Al contrario —siguió Tweedledee—, si fue así, es que podía ser, pero y si así fuera, sería; sin embargo, como no es, no es. Eso es totalmente lógico.

—Me preguntaba —dijo Alicia con mucha cortesía— cuál sería el mejor sendero para abandonar este bosque. Ya está oscureciendo demasiado. ¿Por favor, me lo podrían indicar?

Sin embargo, los gorditos se vieron uno al otro y esbozaron una sonrisa.

Eran tan parecidos a una pareja de escolares grandes, que Alicia no pudo evitar dirigir su dedo hacia Tweedledum y exclamar:

—¡Por favor, el primer alumno!

—¡De ningún modo! —exclamó Tweedledum con vehemencia y, con un chasquido, cerró nuevamente la boca.

—¡El próximo! —dijo Alicia, dirigiéndose a Tweedledee, a pesar de que estaba totalmente segura de que él solamente gritaría «¡Al contrario!». Y así fue.

—¡Empezaste muy mal! —gritó Tweedledum—. ¡En una visita lo primero que se hace es decir «¿Cómo está usted?» y dar un fuerte apretón de manos!

En ese momento los dos hermanos se estrecharon las manos, y después extendieron las que estaban libres con el fin de estrecharlas con las de Alicia.

Sin embargo Alicia no deseaba estrechar ninguna de las dos, primeramente, por temor a ofender los sentimientos de uno u otro. De manera que, para solucionar el problema, agarró ambas al mismo tiempo. Al momento todos se encontraban bailando en corro. Esto le pareció muy normal (se acordó después), y ni siquiera le asombró escuchar música: daba la impresión de que provenía del árbol bajo el que bailaban, y la producían las ramas que se frotaban entre sí, como si fueran violines con sus arcos.

—¡Pero fue realmente divertido —(decía Alicia luego cuando le relataba toda la historia a su hermana)— cantar! *¡Henos aquí dando vueltas a la morera!* ¡Desconocía cuándo había comenzado, pero de alguna manera sentía que lo había estado cantando por mucho, muchísimo tiempo!

Los otros danzarines estaban muy gordos, y rápidamente perdieron el aliento.

—Para un baile cuatro vueltas son suficiente —jadeó Tweedledum e interrumpieron el baile tan repentinamente como la habían comenzado. La música dejó de sonar en el mismo instante.

Entonces soltaron bruscamente las manos de Alicia, y se quedaron observándola. Hubo una pausa un poco incómoda, porque la niña no sabía cómo comenzar una charla con alguien que acababa de danzar con ella.

«Ahora ya no puedo decir «¿Cómo están ustedes?» —se dijo—. ¡Me da la impresión de que ya superamos esa etapa!».

—Ojalá que no estén muy cansados —dijo al final.

—De ningún modo. Y muchas gracias por preguntarlo —dijo Tweedledum.

—¡Muy agradecido! —dijo Tweedledee—. ¿Te agrada la poesía?

—Sí..., mucho... bueno... alguna poesía —dijo Alicia dudando—. ¿Me podrían decir qué sendero lleva fuera del bosque?

—¿Qué le puedo recitar? —dijo Tweedledee, viendo a Tweedledum con grandes ojos llenos de solemnidad, ignorando la pregunta de Alicia.

—Sin duda, «*La Morsa y el Carpintero*», es el más largo —contestó Tweedledum abrazando cariñosamente a su hermano. Tweedledee comenzó inmediatamente:

¡Brillaba el sol...!

Alicia, entonces, se atrevió a interrumpirle:

—Si es muy largo —dijo, tratando de ser muy amable— ¿primero me podría decir, por favor, qué sendero...?

Tweedledee sonrió con mucha gentileza y comenzó de nuevo:

Brillaba el sol sobre el mar;
con todo su poder brillaba.

Hacía todo lo que podía para hacer
olas relucientes y suaves…
Y esto era bien extraño porque se encontraba
en la mitad de la noche.

Con desgana la luna brillaba,
ya que pensaba que el sol
no tenía por qué estar allí
una vez que el día había acabado.
«¡Es muy grosero por su parte —decía—
fastidiar la diversión!»

El mar se encontraba tan húmedo como húmedo podía estar;
la arena se encontraba tan seca como era posible.
No se veía una nube porque ninguna nube había en el firmamento.
En las alturas no volaban pájaros…
No había pájaros para volar.

La Morsa y el Carpintero
paseaban agarrados de la mano;
lloraban como locos al mirar
esa cantidad de arena:
«¡Si por lo menos la quitaran del paso
—decían— sería algo maravilloso!»

«¿Te parece que si siete criadas con siete escobas
barrieran medio año
—dijo la Morsa— conseguirían quitarla?»
«Yo lo dudo», dijo el Carpintero,
y dejó caer una amarga lágrima.

«¡Oh, Ostras, vengan a pasear con nosotros!
—rogó la Morsa—.
Un agradable paseo, una agradable charla
por la playa salobre.
Solamente podemos llevar a cuatro,
para dar a cada una una mano».

La Ostra más vieja la vio,
pero no dijo ni una palabra.
La Ostra más vieja guiñó un ojo
y sacudió su pesada cabeza...
Dando a entender que no quería
irse de la cama de ostra.
Pero cuatro Ostras jóvenes se adelantaron,
ansiosas por la invitación:
sus sacos estaban cepillados, sus caras lavadas,
sus zapatos pálidos y brillantes.
Y esto era raro, porque, ya saben,
no tenían pies.

Otras cuatro Ostras las siguieron,
y aún otras cuatro:
y en rápido tropel se fueron agregando
más, y más, y más...
Brincando todas a través de las hirvientes olas
y trepando hacia la playa.

La Morsa y el Carpintero
caminaron más o menos una milla.
Luego se apoyaron en una piedra
convenientemente baja:
y todas las pequeñas Ostras se pararon,
y aguardaron en fila.

«Llegó el instante —dijo la Morsa—
de charlar de muchas cosas:
de zapatos… y barcos… y lacre…
de repollos… y reyes…
y de por qué el mar hierve…
y de si los cerdos tienen alas.»

«¡Pero esperad un poco —gritaron las Ostras—
antes de comenzar a hablar,
pues algunas de nosotras ya no tenemos aliento,
y todas estamos un poco gordas!»
«¡No hay prisa!» —dijo el Carpintero—.
Ellas se lo agradecieron.

«Una hogaza de pan —dijo la Morsa—
es lo que más necesitamos.
Y también pimienta y vinagre,
que sin duda son muy buenos…

Ahora, Ostras queridas, si están preparadas,
podemos comenzar a comer.»

«¡Pero no a nosotras! —gritaron las Ostras,
poniéndose algo azules—.
¡Tras tanta amabilidad, eso sería
un proceder funesto!»
«La noche es bella», dijo la Morsa.
¿No os impresiona el paisaje?

«¡Qué amables habéis sido al venir!
¡Ustedes son muy dulces!»
El Carpintero sólo dijo:
«Córtame otra rebanada,
quisiera que fueras menos sordo...
¡Ya te lo he pedido dos veces!»

«Es muy vergonzoso —dijo la Morsa—
jugarles esa mala pasada,
después de haberlas traído de tan lejos
y de obligarlas a trotar tan deprisa!»
El Carpintero sólo dijo:
«¡Le pusiste demasiada mantequilla!»

«Lloro por ustedes —dijo la Morsa—.
¡Cuánta pena que me dais!»
Con sollozos y lágrimas seleccionaba
a las de mayor tamaño,
sosteniendo un pañuelo
ante sus ojos chorreantes.

«¡Oh Ostras —dijo el Carpintero—,
han tenido un agradable paseo!
¿Ahora volveremos a casa?»
Pero ninguna respuesta llegó…
Y esto no tenía nada de raro,
porque se las comieron a todas.

—Prefiero a la Morsa —dijo Alicia—, ya que se encontraba un poco triste por las infortunadas ostras.

—Pero, comió más que el Carpintero —dijo Tweedledee—. Ten en cuenta que sostenía su pañuelo delante de manera que el Carpintero no pudiera ver cuántas cogía.

—¡Definitivamente eso no estuvo bien! —dijo Alicia con indignación—. Si es así, prefiero al Carpintero… si no engulló tantas como la Morsa.

—Sin embargo, ingirió todas las que pudo —dijo Tweedledum.

Esto era un rompecabezas. Tras una breve pausa, Alicia comenzó:

—¡Bueno! Ambos eran unos personajes nada agradables… —aquí frenó con cierta alarma al escuchar algo que tenía un sonido como el bufido de una máquina grande de vapor en el bosque próximo, a pesar de que temió que se asemejara más al de un animal salvaje—. ¿Por aquí hay leones o tigres? —preguntó con timidez.

—Es solamente el ronquido del Rey Rojo —dijo Tweedledee.

—¡Ven a verlo! —gritaron los hermanos. Cada uno agarró una mano de Alicia, y la llevaron adonde dormía el Rey.

—¿No es una escena encantadora? —dijo Tweedledum.

Para ser sinceros, Alicia no podía decir que lo fuera. El Rey llevaba en su cabeza un inmenso gorro de dormir de color rojo con una borla, y estaba tendido y acurrucado en un montón informe, roncando con mucha fuerza... «Como si de un ronquido fuera a lanzar su cabeza», según indicó Tweedledum.

—Temo que sobre esa hierba húmeda se resfríe —dijo Alicia, que era una niña muy previsora.

—En este momento está soñando —dijo Tweedledee—. ¿Y con qué piensas que sueña?

—Eso no lo puede saber nadie —dijo Alicia.

—¡Por favor! ¡Está soñando contigo! —exclamó victorioso Tweedledee aplaudiendo—. Y si él dejara de soñar contigo, ¿dónde imaginas que te encontrarías?

—Donde me encuentro ahora, claro —dijo Alicia.

—¡No! —contestó Tweedledee con desdén—. No te encontrarías en ningún sitio. ¡Tú solamente eres una criatura de su sueño!

—Si el Rey se despertara —añadió Tweedledum—, tú te esfumarías... ¡bang!... ¡igual que la llama de una vela!

—¡Jamás, eso no pasaría! —dijo Alicia con mucha indignación—. Entonces, si yo soy solamente un ser de su sueño, ¿ustedes qué son, me lo podrían decir?

—Ídem —dijo Tweedledum.

—¡Ídem, ídem! —gritó Tweedledee.

Tan fuerte lo gritó que Alicia dijo:

—¡Chist! Cuidado, que lo pueden despertar con tanto ruido.

—Pero es inútil que tú hables de despertarlo —dijo Tweedledum— cuando sólo eres una criatura de su sueño. Tú sabes perfectamente que no eres real.

—¡Yo sí soy real! —dijo Alicia, y empezó a llorar.

—Niña, por llorar no serás ni un poquito más real —comentó Tweedledee—. No tienes por qué llorar.

—Si yo no fuera real —dijo Alicia, riendo mientras brotaban lágrimas de sus ojos, tan absurdo era todo—, no podría llorar.

—¿Imagino que no pensarás que son reales esas lágrimas? —interrumpió Tweedledum, en tono despreciativo.

«Estoy segura de que están diciendo disparates —pensó Alicia— y por eso es muy tonto llorar». Entonces, dejó de llorar y siguió, con la mayor tranquilidad y jovialidad posibles:

—De cualquier manera sería mejor que abandonara el bosque, porque en realidad está oscureciendo. ¿Ustedes no creen que va a llover?

Tweedledum abrió un paraguas inmenso sobre él y su hermano y miró hacia arriba.

—No, me da la impresión de que no —dijo—. Al menos… no aquí abajo. ¡De ningún modo!

—Pero, ¿podrá llover afuera?

—Podrá… si quiere —dijo Tweedledee—. No tenemos ninguna objeción. Al contrario.

«¡Pero qué seres tan egoístas!», pensó Alicia, y ya iba a decir «Buenas noches» y abandonarlos, cuando Tweedledum salió de un brinco fuera de la protección del paraguas y la sujetó por la muñeca.

—¿Viste eso? —dijo con voz ahogada por la rabia y en un instante sus ojos se pusieron amarillos y muy grandes. Con un dedo tembloroso apuntaba un pequeño objeto color blanco caído al pie de un árbol.

—Solamente es un cascabel —dijo Alicia, después de un análisis cuidadoso—. No es una serpiente de cascabel —añadió rápidamente pensando que él estaba aterrorizado—. Es sólo un viejo sonajero… un roto y viejo sonajero.

—¡Yo sé qué era! —gritó Tweedledum, empezando a patalear en el suelo y a tirarse del cabello—. ¡Está dañado, por supuesto! —Vio a Tweedledee, que de inmediato se sentó en el suelo intentando ocultarse bajo el paraguas.

Alicia colocó su mano sobre el brazo de Tweedledum, y dijo con suavidad:

—No es necesario molestarse tanto por un viejo sonajero.

—¡Pero si no es viejo! —protestó Tweedledum, más rabioso que nunca—. Te digo que es nuevo... lo compré ayer... ¡Mi hermoso sonajero nuevo! —Y su voz se alzó a la categoría de un perfecto chillido.

Mientras tanto, Tweedledee estuvo intentando cerrar el paraguas, con él adentro. Era algo tan fuera de lo común, que apartó la atención de Alicia del rabioso hermano. Pero Tweedledee no tuvo éxito, y acabó rodando, empaquetado en el paraguas, sólo con la cabeza afuera. Y allí se quedó, abriendo y cerrando la boca y los ojos inmensos... «Se asemeja mucho más a un pez que a ninguna otra cosa», se dijo Alicia.

—¿Imagino que aceptas luchar? —dijo Tweedledum en el más sereno de los tonos.

—Imagino que sí —contestó el otro de malhumor, saliendo del paraguas—. Solamente que ella debe ayudarnos a vestirnos, ya sabes.

De manera que los hermanos se adentraron en el bosque cogidos de la mano y en un minuto regresaron con los brazos llenos de almohadones, mantas, cubos para carbón, manteles, cubre fuentes y alfombras de chimenea.

—Espero que poseas buena mano para sujetar con cuerdas y agarrar con alfileres —comentó Tweedledum—. De una forma u otra tenemos que colocarnos cada una de estas cosas.

Luego Alicia relataba que jamás en su vida había visto tanta algarabía por tan poca cosa... De tal manera se agitaban los hermanos, tanta fue la cantidad de objetos que se colocaron y el trabajo que le dieron para ajustar botones y sujetar cuerdas... «¡Sinceramente, cuando estén listos se asemejarán a montones de ropa vieja!», pensó al tiempo que ajustaba un almohadón alrededor del cuello de Tweedledee, «para evitar ser decapitado», según él mismo dijo.

—Como sabes —agregó Tweedledee con mucha seriedad— una de las cosas más graves que le pueden ocurrir a uno en un duelo es que le corten la cabeza.

Alicia rió a carcajadas, pero se las arregló para convertir la risa en tos, para evitar herir sus sentimientos.

—¿Se me ve muy pálido? —dijo Tweedledum, avanzando para que Alicia le amarrara el yelmo. (Él lo llamaba yelmo, a pesar de que sin duda se parecía mucho más a una cacerola).

—Bueno... sí... algo —contestó Alicia con mucha amabilidad.

—Generalmente soy muy valiente —siguió él en voz alta—. Pero ocurre que hoy tengo migraña.

—¡Y yo tengo un fuerte dolor de muelas! —dijo Tweedledee, que lo había escuchado.

—¡Me siento mucho peor que tú!

—Entonces, sería preferible que no lucharan hoy —sugirió Alicia, pensando que era una excelente ocasión para hacer las paces.

—Debemos luchar un poco, pero no me importaría que tuviera una larga duración —dijo Tweedledum—. ¿Ahora qué hora es?

Tweedledee miró su reloj y dijo:

—Las cuatro y media.

—Luchemos hasta las seis y luego cenemos —dijo Tweedledum.

—Está bien —dijo el otro, un poco triste, y ella puede vernos... sólo que sería mejor que no te acerques demasiado —añadió—. Por lo general golpeo todo lo que veo... cuando me emociono de verdad.

—¡Y yo agredo todas las cosas a mi alcance! —dijo Tweedledum—. ¡Las mire o no las mire!

Alicia sonrió.

—Imagino que le dan a los árboles frecuentemente —dijo.

Tweedledum vio a su alrededor con sonrisa de satisfacción.

—¡Creo que no quedará un árbol en pie a la redonda cuando hayamos finalizado! —dijo.

—¡Por Dios, y todo esto por un sonajero! —dijo Alicia, esperando aún avergonzarlos un poco antes de pelear por una tontería semejante.

—Eso no me importaría tanto —dijo Tweedledum—, si no fuera nuevo.

«¡Me encantaría que llegara el monstruoso cuervo!», se dijo Alicia.

—Solamente hay una espada —dijo Tweedledum a su hermano—, pero tú puedes utilizar el paraguas... está totalmente afilado. Debemos comenzar inmediatamente. Está oscureciendo.

—Y todavía más oscuro —dijo Tweedledee.

Oscurecía tan rápidamente, que Alicia pensó que se aproximaba una tempestad.

—¡Esa nube negra y tan espesa! —dijo—. ¡Y se acerca a toda velocidad! ¡Pero si parece que tuviera alas!

—¡Es el cuervo! —chilló asustado Tweedledum, y los dos hermanos echaron a correr velozmente, perdiéndose de vista en un momento.

Alicia se internó corriendo en el bosque y se paró al pie de un gran árbol. «Aquí jamás podrá dar conmigo —pensó—. Es muy grande como para pasar entre los árboles. ¡Pero me encantaría que no agitara las alas de esa manera!... ¡Genera en el bosque un auténtico tornado!... ¡El mantón de alguien viene ahí volando!

Capítulo V
Lana y agua

Al tiempo que hablaba, Alicia logró atrapar el mantón y miró alrededor tratando de encontrar a su dueña. Después de un momento apareció la Reina Blanca, corriendo disparatadamente por el bosque, con los brazos totalmente extendidos como si estuviera volando. Con mucha amabilidad, Alicia salió a su encuentro llevando en sus manos el mantón.

—Me alegro mucho de encontrarme en su camino —dijo Alicia, y la ayudó a colocarse el mantón.

La Reina Blanca sólo la vio con aire muy sorprendido, y siguió repitiendo para sí, en un susurro, algo que se escuchaba como «Pan con mantequilla, pan con mantequilla». Alicia entendió enseguida que si iba a haber algún tipo de diálogo, debía ser ella misma quien lo comenzara. De manera que comenzó, con algo de timidez:

—¿Me dirijo a la Reina Blanca?

—Bueno, sí, si a esto llamas "dirigirse"—dijo la Reina—. Esto no es lo que a mí me parece, de ninguna manera.

Alicia pensó que era mejor no comenzar la charla con una discusión, por lo que sonrió y dijo:

—Si Su Majestad me señala por dónde debo empezar, yo lo haré lo mejor que pueda, se lo prometo.

—¡Pero es yo no lo quiero para nada! —sollozó la desdichada Reina—. ¡Durante las dos últimas horas me he estado dirigiendo!

Ella se encontraba tan horriblemente desarreglada, que Alicia pensó que sería preferible que tuviera a alguien que la ayudara a colocarse sus vestidos. «Sus ropas están torcidas —se dijo—, y está totalmente llena de alfileres».

—¿Le puedo arreglar un poco el mantón? —siguió sus pensamientos en voz alta.

—¡Yo ignoro qué pasa con él! —dijo la Reina, con voz de melancolía—. Me parece que está de malhumor. ¡Le coloqué un alfiler aquí, le coloqué un alfiler allá, pero absolutamente nada le parece bien!

—Es que no puede quedar derecho, si solamente lo agarra de un lado —dijo Alicia mientras se lo enderezaba con mucha amabilidad—. ¡Pero, Dios mío, en qué estado se encuentra su cabello!

—¡Es que el cepillo para cabellos se enredó en él! —dijo la Reina entre suspiros—. Y ayer perdí mi peine.

Con mucho cuidado, Alicia liberó el cepillo del cabello de la Reina e hizo todo lo que pudo para ordenar el cabello.

—¡Por fin, ahora ya la veo algo mejor —dijo, después de cambiar de sitio la mayoría de los alfileres—. ¡Pero realmente usted debería tener una sirvienta!

—¡Con gusto te contrataré! —dijo la Reina—. Dos peniques por semana y los demás días, mermelada.

Alicia se rió con gusto mientras decía:

—No deseo que me contrate… y no quiero la mermelada.

—Pero si es una mermelada muy buena —dijo la Reina.

—Bueno, hoy no la quiero, de todas maneras.

—Aun si la quisieras, no la tendrías —dijo la Reina—. La norma es: mermelada mañana, y mermelada ayer…, pero jamás mermelada hoy.

—Eso debe llevar en alguna ocasión a «mermelada hoy» —cuestionó Alicia.

—No, niña, no puede —dijo la Reina—. Mermelada hay cada otro día: como sabes, hoy no es ningún otro día.

—No la comprendo —dijo Alicia—. ¡Esto es espantosamente enredado y confuso!

—Bueno, esa es precisamente la consecuencia de vivir hacia atrás —dijo la Reina amablemente—: al inicio te sientes siempre algo confundida y con un poco de aturdimiento…

—¡Vivir hacia atrás! —repitió Alicia sorprendida—. ¡Jamás escuché algo parecido!

—…sin embargo, tiene una enorme ventaja, que la memoria trabaja en los dos sentidos.

—Yo estoy segura de que la mía solamente trabaja en un sentido —comentó Alicia—. Yo no puedo recordar las cosas antes de que ocurran.

—La que únicamente trabaja en el pasado es una pobre memoria —afirmó la Reina.

—¿De qué tipo de cosas usted se acuerda mejor? —preguntó Alicia con atrevimiento.

—¡Oh, las cosas que ocurrieron la semana que viene! —contestó la Reina, displicente—. Por ejemplo —siguió, al tiempo que se colocaba un gran vendaje en el dedo—, ahí está el Mensajero del Rey. En este momento se encuentra en la cárcel, condenado, y el juicio no comenzará hasta el próximo miércoles. Sin duda, al final viene el crimen.

—¿E imaginando que jamás cometa el crimen? —preguntó Alicia.

—¿Acaso no sería lo mejor? —dijo la Reina, mientras que, con una pequeña cinta, fijaba el vendaje alrededor del dedo.

Alicia enseguida entendió que eso era innegable.

—Por supuesto que sería lo mejor —dijo—; pero que no fuera castigado sería mejor.

—Allí estás equivocada —dijo la Reina—. En todo caso, ¿en alguna ocasión tú fuiste castigada?

—Solamente por cometer faltas.

—¡Y estoy segura de que eso fue lo mejor para ti! —exclamó victoriosa la Reina.

—Sí, pero yo ya había cometido las faltas por las que me castigaron —dijo Alicia—; eso marca la diferencia.

—Pero si no las hubieras cometido —dijo la Reina—, hubiera sido todavía mejor. ¡Mejor, mejor, y mejor! —su voz se elevó con cada «mejor», hasta convertirse casi en un chillido.

Alicia comenzó a decir:

—En algún lado debe existir un error… —cuando la Reina empezó a gritar tan fuerte que Alicia interrumpió la frase.

—¡Ay, ay, ay! —gritaba la Reina, sacudiendo con violencia la mano como si se quisiera desprender de ella—. ¡Mi dedo está sangrando! ¡Ay, ay, ay, ay! Sus gritos imitaban tan perfectamente el silbido de una locomotora, que Alicia se tapó las orejas con las manos.

—¿Qué sucede? —dijo, apenas pudo hacerse escuchar—. ¿Se pinchó el dedo?

—No, aún no me lo he pinchado —dijo la Reina—, pero lo haré muy pronto… ¡Ay, ay, ay!

—¿Pero cuándo calcula que lo hará? —preguntó Alicia, que estaba muy tentada a soltar una carcajada.

—Cuando me sujete el mantón nuevamente —se lamentó la desdichada Reina—: el broche se abrirá. ¡Ay, ay!

Cuando pronunció estas palabras, el broche se abrió y la Reina lo agarró con torpeza intentando cerrarlo.

—¡Tenga mucho cuidado! —gritó Alicia—. ¡Lo está cogiendo mal!

Se apoderó del broche, pero ya era muy tarde. El alfiler resbaló y la Reina se pinchó el dedo.

—Como ves, esto explica la sangre —le dijo a Alicia con una sonrisa—. Ahora entiendes de qué manera ocurren las cosas aquí.

—Pero, ¿por qué no grita en este momento? —preguntó la niña, preparada para llevarse de nuevo las manos a las orejas.

—Bueno, ya grité con todas mis fuerzas —dijo la Reina—. ¿Qué ganaría con repetirlo?

Ya estaba aclarando.

—Se debe haber ido el cuervo —dijo Alicia—. ¡Estoy tan feliz de que se haya ido!

Creí que era la noche que se aproximaba.

—¡Me encantaría poder sentirme feliz también! —dijo la Reina—. Sólo que no me acuerdo de la regla. ¡Viviendo en este bosque debes ser muy feliz, y estando contenta cuando lo deseas!

—¡Solamente que este sitio es muy solitario! —dijo Alicia con melancolía, y cuando pensó en su soledad, dos lágrimas muy grande brotaron de sus ojos y rodaron por sus mejillas.

—¡Oh, por favor, no continúes con eso! —exclamó la infortunada Reina, estrujándose las manos con desesperación—. Piensa que ya eres una niña grande. Piensa en el sendero tan largo que has recorrido hoy. Piensa qué hora es. Piensa cualquier cosa, en lo que quieras. ¡Pero ya no llores, niña!

Alicia no logró reprimir la risa, a pesar de las lágrimas.

—¿Pensando cosas así usted evita llorar? —preguntó.

—Esa es la forma de conseguirlo —dijo la Reina firmemente—: como sabes, nadie puede hacer dos cosas al mismo tiempo. Para comenzar, pensemos en tu edad... ¿cuántos años tienes, niña?

—Exactamente, siete y medio.

—No tienes que decir «exactamente» —dijo la Reina—. Sin que digas eso yo puedo creerlo. Ahora yo te daré a ti una cosa para que creas. Yo tengo ciento un años, cinco meses y un día de edad.

—¡Yo no puedo creer eso! —dijo Alicia.

—¿No puedes? —preguntó la Reina con compasión—. Prueba de nuevo: respira profundamente y cierra tus ojos.

Alicia se rió.

—No tiene sentido probar —dijo—. Uno no puede creer las cosas que no son posibles.

—Podría jurar que no has tenido mucha práctica —dijo la Reina—. Cuando yo era una niña de tu edad lo hacía frecuentemente media hora diaria. Muchas veces, antes del desayuno, creía hasta en seis cosas imposibles. ¡Oh, no, allá va el mantón de nuevo!

Mientras conversaba, el broche se había desprendido y un golpe de aire repentino impulsó el mantón por encima de un arroyuelo. La Reina extendió los brazos otra vez, y voló tras él; en esta oportunidad ella misma logró atraparlo.

—¡Lo agarré! —exclamó en tono victorioso—. ¡Ahora podrás ver cómo lo abrocho yo sola!

—¿Quiere decir que su dedo ahora está mejor? —preguntó Alicia con mucha cortesía, al tiempo que atravesaba el pequeño arroyo tras la Reina.

****

—¡Oh, sí, muchísimo mejor! —exclamó la Reina, cuyo tono de voz se elevó hasta que se convirtió en un chillido, al tiempo que continuaba—. ¡Mucho me…ejor! ¡Me…ejor! ¡Me…ee...ejor! ¡Meeee! —La última palabra la terminó con un prolongado balido, tan parecido al de una oveja, que a Alicia le dio mucho miedo.

Vio a la Reina, que repentinamente parecía haberse cubierto de lana. Se restregó los ojos, y miró de nuevo. De ninguna manera podía entender qué había ocurrido. ¿Se encontraba en una tienda? ¿Y eso era verdaderamente… era verdaderamente una oveja que estaba sentada del otro lado del mostrador? Por mucho que se restregara los ojos, el escenario no se modificaba: se encontraba en una pequeña tienda muy oscura, con los codos apoyados sobre un mostrador y frente a ella estaba una vieja Oveja sentada en una silla muy grande haciendo calceta e interrumpiendo de vez en cuando su actividad para ver, a través de unas gafas enormes, a Alicia.

—¿Qué deseas comprar? —dijo finalmente la Oveja, alzando, por un momento, la vista del tejido.

—Aún no lo sé muy bien —dijo Alicia con mucha amabilidad—. Primero, si puedo, me encantaría observar todo a mi alrededor.

—Si quieres, puedes ver al frente y a los lados —dijo la Oveja—, pero no puedes ver todo a tu alrededor, a menos que poseas ojos en la parte posterior de la cabeza.

Pero ocurría que Alicia no los tenía, de modo que se conformó con dar la vuelta a la tienda, mirando todos los estantes a medida que llegaban a su vista.

La tienda estaba llena de todo tipo de cosas extrañas, pero lo más raro de la cuestión era que, cada vez que detenía la vista en algún estante, para saber con exactitud qué contenía, ese singular estante siempre se encontraba completamente vacío, mientras los otros, a su alrededor, estaban llenos de toda clase de objetos.

—¡Por Dios, cómo vuelan las cosas en este lugar! —dijo finalmente en tono de lamento, después de haber pasado un minuto persiguiendo, sin suerte, un objeto inmenso y brillante, que en ocasiones se asemejaba a una muñeca, otras un costurero, y que siempre se encontraba en el estante superior al que ella miraba—. Y ése es el más desesperante de todos... Pero yo le diré que... —añadió, asaltada por una idea repentina—. Lo seguiré hacia arriba hasta el último estante. ¡Imagino que no se irá a través del techo!

Pero también este plan fracasó: la «cosa» cruzó el techo con la mayor calma, como si estuviera totalmente acostumbrada a hacerlo.

—¿Tú eres una peonza o una niña? —interrogó la Oveja, al tiempo que agarraba otro par de agujas—. Si continúas dando vueltas así, muy pronto estaré mareada.

En esos instantes, la Oveja trabajaba con catorce pares al mismo tiempo, y Alicia, muy sorprendida, no pudo dejar de mirarla. «¡¿Dios, cómo puede tejer con tantas agujas?! —pensó la desconcertada niña—. ¡Cada vez se asemeja más y más a un puercoespín!».

—¿Tú sabes remar? —preguntó la Oveja, entregándole dos agujas de tejer.

—Sí, algo..., pero no en tierra ni tampoco con agujas... —había comenzado a decir Alicia, cuando repentinamente las agujas se convirtieron en sus manos en auténticos remos y ella y la Oveja se hallaron en un pequeño bote, fluyendo entre dos orillas. De manera que a Alicia no le quedó otra opción que remar de la mejor forma posible.

—¡Plumea! —exclamó la Oveja, agarrando otro par de agujas.

Esto no parecía un comentario que requiriera alguna respuesta, de manera que Alicia se quedó callada y continuó remando. Le daba la impresión de que algo muy raro estaba sucediendo con el agua: frecuentemente los remos se hundían con mucha facilidad en el líquido y costaba demasiado trabajo volver a sacarlos.

—¡Plumea! ¡Plumea! —gritó de nuevo la Oveja, recogiendo más agujas—. Terminarás atrapando un cangrejo.

«¡Un bello cangrejito! Eso me encantaría», se dijo Alicia.

—¿No me has escuchado decir «Plumea»? —gritó la Oveja con mucha furia, alzando un auténtico racimo de agujas.

—Por supuesto que la escuché —dijo Alicia—. Lo dijo muchas veces y con una voz muy alta. Pero, por favor, ¿dónde se encuentran los cangrejos?

—¡En el agua, claro! —contestó la Oveja, clavándose unas agujas entre el cabello, debido a que ya tenía las manos llenas. ¡Plumea, digo!

—¿Por qué dice «Plumea» a cada instante? —preguntó finalmente Alicia, algo molesta—. ¡Yo no soy un ave!

—Sí lo eres —dijo la Oveja—: tú eres una gansita.

Alicia se sintió un poco ofendida, así que no hubo más charla por un par de minutos mientras el bote se deslizaba con suavidad, en unas ocasiones entre lechos de maleza (y así era mucho más difícil que nunca extraer los remos del agua) y, en otras, bajo árboles, pero todo el tiempo con las mismas orillas altas amenazantes sobre sus cabezas.

—¡Oh, por favor! ¡Son unos juncos perfumados —exclamó Alicia en un súbito arrebato de placer—. ¡Verdaderamente son… tan preciosos!

—No requieres decirme «por favor» acerca de ellos —dijo la Oveja, sin alzar la mirada del tejido—. Yo no los coloqué allá, y tampoco voy a ir a sacarlos.

—No, pero yo quiero decir… ¿por favor, podemos aguardar y recoger unos? —rogó Alicia—. Si es que no le importa detener durante un minuto el bote.

—¿Pero yo cómo voy a detenerlo? —preguntó la Oveja—. Se detendrá solo si dejas de remar. De manera que el pequeño bote quedó libre ante la corriente hasta que se desplazó con suavidad entre los juncos ondulantes. Y entonces se enrollaron con mucho cuidado las manguitas y sumergieron hasta el codo los pequeños brazos para agarrar los juncos lo más abajo que se podía, evitando quebrarlos… Y por un instante Alicia olvidó completamente a la Oveja y el tejido, al tiempo que se inclinaba sobre un lado del bote, teniendo sumergidas en el agua las puntas del cabello enmarañado, mientras con ojos brillantes de felicidad e ilusión arrancaba uno a uno los juncos perfumados.

—¡Sólo espero que el bote no vuelque! —pensó—. ¡Oh, sí que es bello! Solamente que no podría alcanzarlo.

Y sin duda, era un poco provocador («como si lo hicieran a propósito», pensó) que, a pesar de que podía recoger muchos bellos juncos mientras el botecito se deslizaba entre ellos, siempre había uno más hermoso, que ella no lograba alcanzar.

—¡Siempre están fuera de mi alcance los más hermosos! —dijo entre suspiros por la obstinación de los juncos en crecer tan alejados, mientras, con las mejillas sonrojadas, las manos y los cabellos chorreando regresó a su sitio y comenzó a ordenar sus recién hallados tesoros preciosos.

¿En ese instante qué le importaba a ella que los juncos hubieran empezado a marchitarse y a perder toda su belleza y su perfume desde el preciso momento en que los recogió? Como ustedes saben, incluso los juncos perfumados de la realidad se preservan solamente por un tiempo muy corto, y aquellos, siendo unos juncos soñados, se diluyeron casi como la nieve, mientras se encontraban tendidos amontonados a sus pies... pero Alicia apenas se fijó en ello, porque tenía tantas otras cosas raras en que pensar...

No habían andado mucho más, cuando la pala de uno de los remos se hundió velozmente en el agua y no volvió a salir (así lo narró Alicia después). La consecuencia de esto fue que la empuñadura del remo la agarró bajo la barbilla y, acompañado de unos gritos de «¡Oh, oh, oh!» de la infortunada Alicia, la desprendió de su asiento y la impulsó sobre el montón de juncos.

Pero no se hizo ningún daño y muy pronto estuvo otra vez de pie: durante todo el tiempo, la Oveja había continuado tejiendo, como si nada hubiese sucedido.

—¡Bonito cangrejo atrapaste! —comentó, mientras Alicia regresaba a su sitio, muy aliviada de hallarse aún en el bote.

—¿Pero era un cangrejo? No lo vi —dijo la niña, mirando con cautela sobre el lado del bote, en el agua oscura—. ¡Ojalá no lo hubiera dejado ir! ¡Me gustaría mucho llevarme un cangrejito a mi casa!

Pero la Oveja sólo rió con desdén y siguió tejiendo.

—¿Aquí hay muchos cangrejos? —preguntó Alicia.

—Cangrejos, y todo tipo de cosas —dijo la Oveja—. Sólo tienes que decidirte, porque hay como para elegir. Entonces, ¿qué deseas comprar?

—¡Comprar! —repitió Alicia en un tono tan de asombro como de temor, porque, en un instante, los remos, el bote y el río habían desaparecido y ella se encontraba nuevamente en la tienda oscura y pequeña.

—Por favor, quisiera comprar un huevo —dijo tímidamente—. ¿Qué precio tiene?

—Cada uno vale cinco peniques... y dos peniques el par —contestó la Oveja.

—¿Quiere decir que dos cuestan menos que uno? —preguntó Alicia asombrada, sacando su monedero.

—Solamente que si compras dos, debes comer dos —dijo la Oveja.

—Si es así, me llevaré uno, por favor —dijo Alicia colocando el dinero sobre el mostrador, porque se dijo: «Quizá no están buenos».

La Oveja cogió el dinero y lo metió en una caja. Luego dijo:

—Jamás entrego cosas en las manos de las personas, eso no se debe hacer. Tú misma debes cogerlo —caminó hasta el otro extremo de la tienda y colocó el huevo sobre un estante.

—«¿Por qué no se puede hacer?» —pensó la niña, al tiempo que caminaba apartando mesas y sillas, debido a que el fondo de la tienda se encontraba muy oscuro—. «A medida que me aproximo a él, el huevo parece alejarse. Vamos a ver: ¿acaso esto es una silla? ¡Pero si tiene ramas! ¡Qué raro es hallar árboles creciendo aquí! ¡Y ciertamente aquí hay un pequeño arroyo! ¡Bueno, esta es la tienda más rara que he visto en mi vida!»

****

Y de esta manera continuó, asombrándose a cada paso que daba, porque todos los objetos se convertían en árboles cuando ella se les acercaba, y ya esperaba que el huevo se comportara igual que el resto de las cosas.

Capítulo VI
Humpty Dumpty

Pero, se equivocó, porque el huevo sólo se hizo cada vez más grande y más humano. Cuando Alicia estuvo muy cerca de él, se dio cuenta que tenía ojos, nariz y boca. Y al acercarse totalmente, vio con mucha nitidez que se trataba de Humpty Dumpty en persona.

—¡Es que no puede ser otro! —pensó—. Estoy tan segura como si tuviera el nombre escrito en el rostro.

En ese inmenso rostro se podría haber escrito fácilmente el nombre cien veces. Humpty Dumpty se encontraba sentado, con las piernas cruzadas como un turco, sobre el borde de un muro tan alto y delgado, que Alicia se preguntó cómo era capaz de mantener el equilibrio. Debido a que Humpty Dumpty tenía los ojos fijos en dirección contraria al sitio donde estaba Alicia y que él no le prestaba la más mínima atención, ella pensó que, después de todo, se trataba de un muñeco.

—¡Y se asemeja tanto a un huevo! —dijo en voz alta, con las manos preparadas para cogerlo, ya que esperaba que cayera en cualquier instante.

—Es demasiado insultante —dijo Humpty Dumpty después de un prolongado silencio, sin ver a Alicia— ser llamado huevo… ¡Muy!

—Señor, yo sólo dije que usted se parece a un huevo —explicó Alicia con gentileza—. Y unos huevos son muy hermosos —añadió con la esperanza de convertir su comentario en un cumplido.

—¡Hay gente —dijo Humpty Dumpty, mirando hacia otro lado, como lo hacía habitualmente—, no son más sensatas que un bebé.

Alicia no supo qué contestar: eso no era de ninguna manera un diálogo —pensó—, ya que él jamás se dirigió a ella. De hecho, su último comentario a todas luces estaba dirigido a un árbol. De manera que la ignoró, y repitió para sí lentamente:

Humpty Dumpty se sentó en un muro;
Humpty Dumpty sufrió una tremenda caída.
Todos los caballos del Rey y todos los hombres del Rey
no consiguieron colocar a Humpty Dumpty nuevamente en su lugar.

—El último verso es demasiado largo —añadió casi en voz alta, sin acordarse que Humpty Dumpty podía escucharla.

—No te quedes charlando sola de esa manera —dijo Humpty Dumpty, viéndola por primera vez— y dime cuál es tu nombre y qué haces.

—Mi nombre es Alicia, pero…

—¡Es un nombre muy ridículo y estúpido! —interrumpió Humpty Dumpty, con impaciencia—. ¿Qué significa?

—¿Acaso un nombre debe significar algo? —preguntó Alicia dudando.

—Claro que sí —dijo Humpty Dumpty riéndose—. Mi nombre significa la silueta que tengo… por otra parte, una figura muy elegante y bien gallarda. Con un nombre como el tuyo, deberías tener alguna silueta, alguna figura.

—¿Por qué se encuentra sentado en este lugar totalmente solo? —preguntó Alicia, quien no quería comenzar una discusión.

—¡Porque no hay nadie a mi lado! —exclamó Humpty Dumpty—. ¿Pensabas que no sabía la respuesta de eso? Vamos, pregunta otra.

—¿Usted no cree que estaría mucho más seguro en el suelo? —siguió Alicia no con la idea de hacer otra adivinanza, sino, sencillamente, motivada por su generosa ansiedad hacia la rara criatura—. ¡Ese muro es tan delgado!

—¡Pero qué adivinanzas tan extremadamente fáciles propones! —gruñó Humpty Dumpty—. ¡Claro que no me parece así! Porque, incluso si me cayera, de lo que no existe posibilidad alguna..., pero si acaso me cayera... —Entonces Humpty Dumpty arrugó los labios y se puso tan majestuoso y solemne, que a Alicia no le fue fácil aguantar la risa—. Si me cayera —siguió—, el Rey me prometió... de su propia boca... que... que...

—Que mandará todos sus hombres y todos sus caballos —interrumpió Alicia con imprudencia.

—¡Juro que esto es demasiado! —gritó Humpty Dumpty, presa de una súbita furia—. ¡Tú has estado escuchando detrás de las puertas... y detrás de los árboles... y de las chimeneas, o no lo sabrías!

—¡Yo no hice eso, de ninguna manera! —dijo Alicia con mucha amabilidad—. Eso está en un libro.

—¡Ah, bueno! En un libro pueden escribir esas cosas —Humpty Dumpty habló en tono más sereno—. Es lo que ustedes llaman una Historia de Inglaterra, eso es. ¡Entonces mírame muy bien! ¡Yo soy uno que le ha hablado a un Rey, sí, yo! ¡Puede que jamás en tu vida veas a otro así! ¡Y me puedes estrechar la mano, para que veas que no soy un orgulloso!

Y le ofreció su mano a Alicia, con una sonrisa casi de oreja a oreja, inclinándose hacia adelante (al hacerlo casi se cae del muro). Ella lo miró ansiosa mientras la sujetaba. «Si acaso sonriera más, los extremos de su boca se encontrarían en la parte posterior», pensó. «¡Y, en ese caso, no sé qué sucedería con su cabeza! ¡Me temo que se le soltaría!».

—Sí, todos sus hombres y todos sus caballos —continuó Humpty Dumpty—. ¡Me alzarían en un momento, por supuesto que lo harían! Pero esta charla está yendo demasiado deprisa: regresemos al comentario inicial.

—Me temo que no me acuerdo de ella en absoluto —dijo Alicia con mucha cortesía.

—Si es así, comencemos nuevamente —dijo Humpty Dumpty—; ahora yo elijo un tema... —(«Pero habla de esto como si fuera un juego», pensó Alicia)—. ¿Cuántos años dijiste que tenías?

Alicia hizo un cálculo muy breve y dijo:

—Siete años y seis meses.

—¡Mal! —exclamó victoriosamente Humpty Dumpty—. ¡Jamás has dicho una palabra de eso!

—Pensé que quiso decir «¿Cuántos años tienes?» —explicó Alicia.

—Lo hubiera dicho si hubiera querido decir eso —contestó Humpty Dumpty.

Alicia no deseaba empezar otra discusión, de manera que se quedó callada.

—¡Siete años y seis meses! —repitió Humpty Dumpty pensando—. Una edad muy incómoda. Si acaso me hubieras pedido mi consejo, yo te habría dicho: «Permanece en los siete»... Pero ahora ya es muy tarde.

—Jamás pido consejos para crecer —dijo Alicia con indignación.

—¿Eres muy orgullosa? —se interesó el otro.

La indignación de Alicia incrementó todavía más ante esta insinuación.

—Lo que quiero decir —dijo— es que uno no puede evitar crecer.

—Uno no puede, quizá —aceptó Humpty Dumpty—; pero dos sí pueden. Con una asistencia oportuna y adecuada, te habrías podido quedar en los siete años.

—¡Qué bello cinturón tiene! —dijo repentinamente Alicia. (Le parecía que ya tenían bastante del asunto de la edad. Y si realmente los temas eran elegidos por turnos, ahora era su turno.)

—¡O quizá —se corrigió, cuando lo pensó por segunda vez—, debí haber dicho, ¡qué bella corbata!... No, un cinturón, quiero decir... ¡discúlpeme! —añadió confundida, porque Humpty Dumpty la veía horriblemente ofendido, y ella comenzaba a querer no haber elegido ese tema. «¡Si tan sólo supiera cuál es su cintura y cuál es su cuello!», se dijo.

Evidentemente, Humpty Dumpty estaba muy rabioso, y durante un tiempo permaneció callado. Y cuando finalmente lo hizo, fue con un hondo gruñido.

—¡Esta es la cosa... más... ofensiva... cuando alguien no sabe distinguir entre un cinturón y una corbata! —dijo finalmente.

—Sé que es una ignorancia por mi parte —dijo Alicia con una humildad tal que serenó a Humpty Dumpty.

—Hija, es una corbata, y una muy bella corbata, como dices tú. Es un obsequio del Rey y la Reina Blancos.

—¿De verdad? —dijo Alicia, muy feliz al comprobar que, después de todo, eligió un buen tema.

—Me la entregaron —siguió Humpty Dumpty pensativo, apoyando las manos en una rodilla y cruzando las piernas—, me la entregaron... como obsequio de no-cumpleaños.

—¿Disculpe? —dijo Alicia perpleja.

—No, no estoy ofendido —dijo Humpty Dumpty.

—No, quiero decir, ¿qué significa un obsequio de no-cumpleaños?

—Un obsequio que te dan cuando no estás cumpliendo años, claro está.

Alicia lo pensó un rato.

—A mí me gustan más los obsequios de cumpleaños —dijo finalmente.

—¡Tú no sabes de qué estás hablando! —gritó Humpty Dumpty—. ¿En un año cuántos días hay?

—Trescientos sesenta y cinco —dijo Alicia.

—¿Y tú cuántas veces cumples años?

—Una.

—Y si le restas a trescientos sesenta y cinco uno, ¿cuál es el resultado?

—Trescientos sesenta y cuatro, por supuesto.

Humpty Dumpty dudaba.

—Quisiera ver eso escrito —dijo.

Mientras sacaba su cuaderno de notas y realizaba la cuenta para él, Alicia no podía aguantar la risa:

$$\begin{array}{r} 365 \\ \underline{-1} \\ 364 \end{array}$$

Humpty Dumpty cogió el cuaderno, y lo vio con mucho cuidado.

—Parece estar muy bien hecha… —comenzó.

—¡Lo está viendo al revés! —interrumpió Alicia.

—¡Seguro que sí! —dijo con jovialidad Humpty Dumpty, mientras ella le daba la vuelta—. Ya me parecía que se veía un poco raro. Como te decía, parece estar bien hecho… aunque ahora no tengo tiempo para revisarlo a fondo… Y eso sólo demuestra que hay trescientos sesenta y cuatro días en los que podrías tener obsequios de no-cumpleaños…

—Claro, sin duda —dijo Alicia.

—Y solamente uno para obsequios de cumpleaños. ¡Para ti debe ser la gloria!

—No sé qué significa «gloria».

Humpty Dumpty sonrió con desdén.

—Claro que no… hasta que yo te lo explique. ¡Quise decir que «debe ser para ti un argumento aplastante»!

—Pero «gloria» no significa lo mismo que «un argumento aplastante» —cuestionó Alicia.

—Cuando yo utilizo una palabra, niña —dijo Humpty Dumpty despectivamente—, esa palabra significa con exactitud lo que yo decido en ese momento que signifique… ni más ni menos.

—La cuestión es —dijo Alicia—, si usted puede hacer que las palabras tengan tantos significados diferentes.

—La cuestión es —contestó Humpty Dumpty— quién es el maestro aquí… eso es todo, nada más.

Alicia estaba muy perpleja como para decir algo. De forma que, después de un minuto, Humpty Dumpty comenzó otra vez:

—Unas palabras poseen carácter… como los verbos: ellos son los más engreídos… Tú puedes hacer casi cualquier cosa con los adjetivos, pero no así con los verbos… ¡Pero yo puedo manejarlos a todos! ¡Impenetrabilidad! ¡Eso es lo que yo digo!

—¿Me puede decir, por favor, qué significa eso?

—Ahora estás hablando como una niña inteligente —dijo Humpty Dumpty, con mucha satisfacción—. Con «impenetrabilidad» quiero decir que ya hemos tenido bastante de ese asunto y que sería bueno que dijeras qué quieres hacer a continuación, porque imagino que no te quieres quedar aquí toda tu vida.

—Eso es demasiado significado para una sola palabra —dijo Alicia pensando.

—Cuando hago que una palabra haga un trabajo como ése —dijo Humpty Dumpty—; le pago extra.

—¡Oh! —exclamó Alicia. Estaba muy sorprendida como para hacer cualquier otro comentario.

—¡Ah, deberías mirarlas a mi alrededor la noche de un sábado! —siguió Humpty Dumpty, bamboleando gravemente y de un lado a otro la cabeza—. Para cobrar su salario, sabes.

(Alicia no quiso preguntar con qué les pagaba; de forma que yo no puedo contároslo).

—Señor, usted parece tener mucha destreza para explicar palabras —dijo Alicia—. ¿Sería tan gentil de explicarme el significado del poema que se llama «Jabberwocky»?

—Oigámoslo —contestó Humpty Dumpty—. Yo puedo explicar absolutamente todos los poemas que se hayan creado… y muchos que aún no han sido inventados.

Entonces, Alicia recitó la primera estrofa, porque esto se escuchaba muy prometedor:

Brumeaba brillando el negro sol
argiliscosos girospaban y tregureaban los limazones en el redín;
los borogoves estaban misines
y los deros verdales muflaban por fin.

—Para comenzar es suficiente —interrumpió Humpty Dumpty—. Tiene muchas palabras difíciles. «*Brillando el negro sol*» significa que eran las cuatro de la tarde, es el momento en que se comienza a calentar todo para la comida.

—Bien, eso está muy bien —dijo Alicia—. ¿Y «*argiliscosos*»?

—Bueno, «*argiliscosos*» significa «ágil y viscoso». Y «ágil» es como «activo». Como puedes darte cuenta es como una maleta… Hay dos significados incluidos en una sola palabra.

—Ahora lo comprendo —comentó Alicia pensativa—. ¿Y qué son «*limazones*»?

—Muy bien, los «*limazones*» son algo así

como tejones... que son parecidos a lagartos... y algo así como sacacorchos.

—Deben ser criaturas de apariencia muy rara.

—Sí, lo son —dijo Humpty Dumpty—. A parte de eso, construyen sus nidos bajo los relojes de sol... y comen queso.

—¿Y qué es «girospar» y «tregurar»?

—«*Girospar*» es dar vueltas como un giroscopo. «*Tregurar*» es realizar agujeros como un taladro.

—¿Y el «*redín*» es el jardín que rodea al reloj de sol, imagino? —preguntó Alicia asombrada de su propia ingenuidad.

—Claro que lo es. Como sabes, se le llama «*redín*», porque se extiende un prolongado trecho delante del reloj, un largo trecho detrás...

—Y un largo trecho a cada lado —completó Alicia.

—Así es. El «*borogove*» es un pájaro demasiado flaco, de apariencia tristísima, con las plumas erizadas alrededor... algo parecido a un estropajo viviente. «*Misín*» es «*débil y miserable*» (ahí tienes otro maletín).

—¿Y entonces «*deros verdales*»? —interrogó Alicia—. Me temo que le estoy causando una enorme molestia.

—Bueno, un «*verdal*» es un tipo de lechón verde. Pero con respecto a «dero» no estoy muy seguro. Pienso que puede ser una abreviatura de «*sendero*»... que significa que extraviaron el sendero.

—¿Y qué quiere decir «*muflaban*»?

—Bueno, «*muflaban*» es algo entre mugir y silbar, con un estornudo en la mitad.

De cualquier manera, quizá lo oigas... allá abajo, en el bosque... y cuando lo hayas oído una vez, te sentirás totalmente satisfecha. ¿Pero quién te ha repetido toda esa jerga?

—Yo lo leí en un libro —dijo Alicia—. Pero me recitaron un poema algo más sencillo y fácil que ése, creo que era de… Tweedledee.

—¿Sabes? En lo referente a la poesía —dijo Humpty Dumpty, extendiendo una de sus grandes manos—, yo puedo recitar poemas tan bien como cualquier otro, si a eso vamos…

—¡Oh, no se necesita que vayamos a eso! —se apresuró Alicia, esperando impedirle comenzar.

—El fragmento que recitaré —siguió él, ignorando el comentario de Alicia— fue escrito totalmente para divertirte.

Alicia pensó que, en ese caso, debía oírlo. Entonces se sentó y dijo «Gracias» con un poco de tristeza.

En invierno, cuando los campos están llenos de nieve,
yo canto esta canción para divertirte…

—Solamente que no la canto —agregó Humpty Dumpty, a manera de explicación.

—Ya puedo ver que no la canta —dijo Alicia.

—Si logras ver si estoy o no cantando, tienes ojos más inquisitivos y penetrantes que la mayor parte de la gente —comentó Humpty Dumpty severamente.

Alicia se quedó callada.

En primavera, cuando verdean los campos,
intentaré decirte lo que quiero decir.

—Gracias, muchísimas gracias —dijo Alicia.

En verano, cuando los días sean muy largos,
quizá llegues a comprender la melodía:

En otoño, cuando las hojas se vuelvan ocres,
toma pluma y tinta, y escríbela.

—Lo haré, si logró recordarla durante tanto tiempo —dijo Alicia.

—No requieres hacer comentarios de esa índole —dijo Humpty Dumpty—. No son sensatos y me enervan y me sacan de mis casillas.

Mandé un mensaje a los peces:
Les dije: «Esto es lo que quiero».

Los pececillos del mar
me mandaron una respuesta.

La respuesta de los pececillos fue:
«Señor, no podemos hacerlo, porque...»

—Me temo que no lo comprendo totalmente —dijo Alicia.

—A continuación se hace mucho más sencillo —replicó Humpty Dumpty.

De nuevo les mandé decir:
«Es mejor que obedezcáis».

Los peces respondieron con una sonrisa:
«¡Vaya, pero qué humor tiene usted!»

Lo dije una vez, lo repetí otra vez:
pero no quisieron oír consejos.

Tomé una tetera grande y nueva,
muy adecuada para mi proeza.

Mi corazón saltaba,
mi corazón latía:
con la bomba llené la tetera.

Entonces alguien llegó y me dijo:
«Los pececillos están durmiendo».

Yo le dije, se lo dije francamente:
«Entonces usted debe despertarlos otra vez».

Lo dije con voz muy fuerte y clara:
fui y se lo grité al oído...

Humpty Dumpty alzó su voz hasta gritar al tiempo que recitaba este verso, y Alicia pensó, con un estremecimiento: «¡Por nada del mundo habría querido ser ese mensajero!».

Pero era muy obstinado y orgulloso;
me dijo: «¡No es necesario que hable tan alto!»

Y era muy orgulloso y obstinado.
Dijo: «Iré a despertarlos, si...»

Cogí de la alacena un sacacorchos:
yo mismo fui a despertarlos.

Y cuando miré que la puerta estaba cerrada,
tiré y empujé y pateé y golpeé.

Y cuando miré que la puerta estaba cerrada,
traté de girar el picaporte, pero…

Se hizo una pausa muy larga.

—¿Pero eso es todo? —preguntó Alicia con timidez.

—Pues sí, eso es todo —dijo Humpty Dumpty—. Adiós.

Alicia pensó que esto era un poco brusco. Pero luego de tan enérgica insinuación, le pareció que no sería nada cortés permanecer allí. De manera que se puso de pie y le extendió la mano.

—¡Adiós, hasta que nos volvamos a ver! —le dijo tan jovialmente como le fue posible.

—Si nos viéramos otra vez yo no te reconocería —contestó disgustado Humpty Dumpty—. Tú te pareces mucho al resto de las personas.

—Normalmente uno se guía por la cara —dijo Alicia pensando.

—Exactamente me quejo de eso —dijo Humpty Dumpty—. Tu cara es como la de todo el mundo... los dos ojos, así... —e indicó sus sitios en el aire con su pulgar—, ...la nariz en la mitad, la boca debajo. Siempre es igual. Si tuvieras, por ejemplo, los dos ojos del mismo lado de la nariz... o la boca en la coronilla... eso ayudaría en algo.

—Pero eso no quedaría bien —cuestionó Alicia.

Sin embargo, Humpty Dumpty solamente cerró los ojos y dijo:

—Aguarda hasta que lo hayas probado.

Alicia esperó durante un minuto para ver si él hablaba otra vez, pero, como no abrió los ojos ni le prestó la más mínima atención, dijo una vez más:

—¡Adiós! —y al no recibir ninguna respuesta se marchó tranquilamente, a pesar de que no pudo evitar decirse mientras caminaba:

—De todas las personas insatisfactorias... —(lo repitió en voz alta, porque era un tremendo consuelo poseer una palabra muy larga para pronunciar)—. De todas las personas insatisfactorias que yo haya conocido jamás...

La frase nunca la finalizó, porque justo en ese momento un estruendo muy fuerte estremeció, de extremo a extremo, el bosque.

Capítulo VII
El León y el Unicornio

Unos soldados aparecieron corriendo en el bosque un tiempo después. Inicialmente venían de dos o de tres, luego de diez o de veinte, y finalmente en un número tan grande que daba la impresión de que llenaban el bosque completo. Alicia se escondió detrás de un árbol, por miedo de ser atropellada y miró cómo desfilaban.

Pensó que jamás en su vida había visto soldados tan inseguros sobre sus pies: frecuentemente uno u otro iba tropezando, y cuando alguno caía, otros se caían siempre encima, de modo que muy pronto el suelo se llenó de pequeños montículos de hombres.

Después llegaron los caballos. Se la ingeniaban un poco mejor que la infantería, porque sólo tenían cuatro patas. Pero hasta ellos tropezaban de vez en cuando; y parecía una ley que, cada vez que un caballo tropezaba, su jinete, inmediatamente, se caía al suelo. Incesantemente, la confusión iba aumentando, y Alicia se alegró mucho cuando salió del bosque y llegó a un sitio abierto. Allí se encontró con el Rey Blanco sentado en el suelo, escribiendo activamente en su cuaderno de apuntes.

—¡Ya los mandé a todos! —exclamó el Rey satisfecho cuando vio a Alicia—. ¿Mientras venías por el bosque no viste a unos soldados, querida? —preguntó.

—Sí, los vi —dijo Alicia—. Me parece que son varios miles.

—El número exacto es cuatro mil doscientos siete —dijo el Rey, consultando su cuaderno—. No mandé todos los caballos, porque se requieren dos en la partida. Y tampoco mandé a los dos Mensajeros; porque los dos fueron a la ciudad. Ahora ve el sendero: ¿ves a alguno de ellos?

—No, Su Majestad, no veo a nadie —dijo Alicia.

—Quisiera yo tener un par de esos ojos —dijo el Rey con aspereza—. ¡Ser capaz de ver a Nadie! ¡Y, además, a esa distancia! ¡Bueno, ya es suficiente que con esta luz yo logre ver gente real!

Alicia se perdió esto, ya que aún miraba con mucha atención hacia el sendero, apantallándose con una mano los ojos.

—¡Ahora sí veo a alguien! —exclamó finalmente—. ¡Pero viene poco a poco! ¡Y en qué actitud tan rara! —(Porque el Mensajero avanzaba a brincos y se retorcía como una anguila, con sus manos inmensas desplegadas a cada lado a manera de abanicos).

—De ninguna manera —dijo el Rey—. Se trata de un Mensajero anglosajón, y esas son actitudes anglosajonas. Solamente las adopta cuando está feliz. Su nombre es Haigha.

Alicia no se pudo frenar, y comenzó:

—Yo amo a mi amor con H, porque es Hermoso. Lo odio con H, porque es Horrible. Lo alimento con… con… con… Hamburguesas y Heno. Se llama Haigha, y vive…

—Vive en la Hondonada —señaló simplemente el Rey, sin la más mínima idea de que se estaba uniendo al juego, al tiempo que Alicia seguía buscando una ciudad cuyo nombre empezara con H—. El otro mensajero se llama Hatta. Requiero dos, ¿sabes?… para ir y venir. Sí, uno para ir, y otro para venir.

—Le pido que me perdone… —dijo Alicia asombrada.

—Niña, pedir no es honorable —respondió el Rey.

—Solamente quise decir que no había comprendido —explicó Alicia—. ¿Por qué uno para ir y otro para venir?

—¿No te lo dije ya, niña? —replicó el Rey impaciente—. Debo tener dos… para llevar y traer. Uno para llevar y otro para traer.

En ese instante llegó el Mensajero. Jadeaba mucho como para decir alguna palabra, y solamente agitó las manos e hizo los gestos más horrorosos al pobre Rey.

—Esta joven y gentil dama te ama con H —dijo el Rey presentándole a Alicia con la esperanza de desviar la atención del Mensajero de sí mismo… Pero no dio resultado… Las actitudes anglosajonas se hacían cada vez más fuera de lo común a medida que transcurrían los segundos, al tiempo que los inmensos ojos giraban de un lado a otro con furia.

—¡Me estás trastornando! —dijo el Rey—. Siento que me desmayo… ¡Por favor, dame un bocadillo de jamón!

Ante esto, y para gran diversión de Alicia, el Mensajero abrió la bolsa que le colgaba del cuello, y le ofreció un bocadillo al Rey, quien lo devoró con mucha avidez.

—¡Dame otro bocadillo! —pidió el Rey.

—Ahora sólo queda heno —dijo el Mensajero, buscando dentro de la bolsa.

—Entonces, dame heno —susurró el Rey con voz desfalleciente.

Alicia se contentó cuando vio que este alimento lo revivía mucho.

—Cuando estás a punto de desmayarte no hay nada como el heno —aseguró el Rey a Alicia mientras masticaba enérgicamente.

—Creía que hubiese sido mejor lanzarle agua fría —sugirió Alicia— …o quizás alguna sal volátil.

—Yo no he dicho que no hubiera nada mejor —replicó el Rey—. Sólo dije que no hay nada como el heno —y Alicia no se atrevió a contrariarlo.

—¿Quién te adelantó en el sendero? —siguió el Rey, extendiendo la mano hacia el Mensajero en busca de más heno.

—Nadie —dijo el Mensajero.

—Es cierto —dijo el Rey—. Esta joven dama lo vio también. De manera que Nadie camina más lento que tú.

—Yo hago lo que puedo —dijo el Mensajero con voz hosca—. ¡Estoy muy seguro de que nadie camina más rápido que yo!

—No es cierto —dijo el Rey—. Si lo hiciera, hubiera llegado aquí primero que tú. Pero ahora que has recobrado el aliento, nos puedes decir qué ocurrió en la ciudad.

—Lo susurraré —dijo el Mensajero, colocándose las manos a manera de bocina sobre la boca y poniéndose en cuclillas para aproximarse al oído del Rey. Alicia lamentó esto, porque ella también quería escuchar las noticias. Pero, en lugar de susurrar, el Mensajero simplemente vociferó, con toda la fuerza de su voz:

—¡Están de regreso!

—¿A eso lo llamas un susurro? —exclamó el infortunado Rey brincando y estremeciéndose—. ¡Si vuelves a hacer esto haré que te unten con mantequilla! ¡Me sacudió la cabeza como un terremoto!

«Seguro fue un terremoto muy pequeño», pensó Alicia, y preguntó con mucho atrevimiento:

—¿Quiénes están de regreso?

—El León y el Unicornio, claro —respondió el Rey.

—¿Peleando por la corona?

—Sí, sin duda —dijo el Rey—. ¡Y lo más cómico de la cuestión es que es mi corona! Corramos a verlos.

Y marcharon trotando, con Alicia repitiendo para sí, al tiempo que corría, las palabras de la vieja canción:

El León y el Unicornio se batían por la corona.
El León corría al Unicornio alrededor de la ciudad.
Unos les daban pan blanco, otros les daban pan negro.
Unos les dieron pastel de pasas y los echaron a tambor batiente.

—¿El… que… gana… obtiene la corona? —preguntó Alicia como pudo, ya que la carrera la estaba dejando sin aliento.

—¡No, querida! —dijo el Rey—. ¡Pero qué idea tienes!

—¿Sería usted… tan amable y tan bueno… —Alicia jadeaba después de haber corrido un poco más—, como para detenerse un minuto… sólo lo necesario… para recobrar el aliento?

—Sí, soy tan bueno —dijo el Rey—, pero no tan fuerte. Un minuto transcurre a una velocidad inimaginable. ¡Más te valdría intentar detener a un zamarrajo!

Alicia no tenía aliento para charlar, por lo que continuó corriendo callada, hasta que llegaron donde se encontraba una gran multitud y, en el medio de ella, peleaban el León y el Unicornio. Estaban cubiertos de una nube de polvo, por lo que en un primer momento la niña no logró distinguirlos. Pero pronto pudo identificar al Unicornio gracias a su cuerno.

El grupo se puso cerca de Hatta, el otro Mensajero, que miraba la pelea de pie, con un trozo de pan con mantequilla en una mano y una taza de té en la otra.

—Salió hace poco de la cárcel y no había finalizado su té cuando la mandaron a ella —susurró Haigha a Alicia—. Y como allí solamente les dan caparazones de ostra… ya lo ves, tiene mucha sed y mucha hambre. ¿Hijo querido, cómo estás? —siguió, rodeando afectuosamente el cuello de Hatta con un brazo.

Hatta miró a su alrededor, sacudió la cabeza y continuó comiendo su pan con mantequilla.

—¿Hijo querido, eras feliz en la prisión? —dijo Haigha.

Hatta vio alrededor otra vez, y ahora una o dos lágrimas rodaron por su mejilla; pero no pronunció ni una sola palabra.

—¡Habla! ¿O no sabes? —exclamó Haigha impaciente.

Pero Hatta continuó masticando y tomando algo más de té.

—¡Habla! ¿No puedes? —exigió el Rey—. ¿Cómo va la lucha?

Hatta hizo un desesperado esfuerzo, y tragó un gran trozo de pan con mantequilla.

—Están peleando muy bien —dijo con voz ahogada—, cada uno de ellos cayó unas ochenta y siete veces.

—¿Imagino que en ese caso muy pronto traerán el pan blanco y el negro? —se atrevió a preguntar Alicia.

—Ahora se les espera —dijo Hatta—; este es un trozo que estoy comiendo.

En ese instante se produjo una breve pausa en la pelea y el León y el Unicornio se sentaron, jadeando, al tiempo que el Rey gritaba:

—¡Diez minutos para comer!

Haigha y Hatta hicieron circular inmediatamente bandejas con pan blanco y negro. Alicia tomó un trozo para probar, pero estaba demasiado seco.

—No creo que peleen más por hoy —dijo el Rey a Hatta—. Anda y ordena que comiencen con los tambores.

Y Hatta fue brincando como si fuera una langosta.

Durante un par de minutos, Alicia estuvo mirándolo. De repente, su cara se animó.

—¡Vean, vean! —gritó señalando con ansias—. ¡Allí va la Reina Blanca corriendo por la pradera! ¡Abandona el bosque volando! ¡Con cuánta velocidad pueden correr estas Reinas!

—Indudablemente la está persiguiendo un enemigo —dijo el Rey sin siquiera ver—. En ese bosque hay muchos enemigos.

—¿Pero usted no correrá a ayudarla? —preguntó Alicia, muy asombrada de que él tomara el asunto con tanta calma.

—¡Es que no vale la pena, no vale la pena! —contestó el Rey—. ¡Ella corre demasiado rápido! ¡Es más fácil atrapar a un zamarrajo! Pero, si quieres, anotaré el asunto... Ella es alguien muy apreciada y querida. ¿Me puedes decir si «Alguien» se escribe con «h»?

En ese instante, el Unicornio pasó con mucha lentitud ante ellos, con las manos en los bolsillos.

—¡En esta ocasión me llevé la mejor parte! —dijo dirigiéndose al Rey al pasar.

—Algo... algo... —contestó el Rey un poco nervioso—. ¿Sabes? No deberías haberle atravesado con tu cuerno.

—Pero no le hice daño —dijo el Unicornio, restándole importancia a la cuestión y ya se marchaba, cuando sus ojos se posaron Alicia. Giró de inmediato y se mantuvo un rato mirándola con aire de disgusto.

—¿Esto... qué... es...? —dijo finalmente.

—¡Es una niña! —contestó vivamente Haigha, colocándose ante Alicia para presentarla, y extendiendo las dos manos hacia ella en una actitud anglosajona—. ¡Hoy la encontramos! ¡Es tan inmensa como la vida y doblemente natural!

—¡Siempre pensé que eran monstruos fabulosos! —dijo el Unicornio—. ¿Está viva?

—Sí, y puede hablar —dijo Haigha con solemnidad.

El Unicornio vio a Alicia poco a poco, y le dijo:

—Niña, habla.

Alicia no pudo evitar que sus labios esbozaran una sonrisa cuando comenzó a decir:

—¿Sabe que yo también siempre pensé que los Unicornios eran monstruos fabulosos? ¡Jamás había visto uno vivo!

—Bueno, ahora que ya nos hemos visto uno al otro —dijo el Unicornio—, si crees en mí, yo también creeré en ti. ¿De acuerdo?

—Sí, si usted lo desea —dijo Alicia.

—¡Vamos, anciano, trae el pastel de pasas! —continuó el Unicornio dirigiéndose al Rey—. ¡No deseo tu pan negro!

—¡Por cierto... por cierto! —tartamudeó el Rey haciéndole señas a Haigha—. ¡Abre la bolsa! —murmuró—. ¡Rápido! ¡Ésa no... esa está llena de heno!

Haigha extrajo un gran pastel de la bolsa e hizo que Alicia lo sostuviera, mientras buscaba un plato y un tenedor. De la manera cómo salían de la bolsa todas esas cosas, Alicia no lo podía comprender; para ella era algo así como un truco de prestidigitación.

Al tiempo que eso ocurría, el León se había unido a ellos. Parecía muy agotado y con sueño y sus ojos estaban medio cerrados.

—¿Pero esto qué es? —dijo pestañeando con languidez hacia Alicia, y hablando con voz honda y hueca, que parecía el tañido de una inmensa campana.

—¡Ah, qué es! —el Unicornio contestó vehementemente—. ¡Tú no lo podrás adivinar jamás! Yo no lo logré.

El León, aburrido, le preguntó a Alicia.

—¿Eres un animal… acaso un vegetal… o tal vez un mineral? —le preguntó, bostezando ante cada palabra que pronunciaba.

—¡Es un monstruo fabuloso! —gritó el Unicornio, antes de que Alicia pudiera responder.

—Entonces, Monstruo, pásame el pastel de pasas —dijo el León, tendiéndose y colocando la barba entre las patas.

Y dirigiéndose al Rey y el Unicornio, añadió:

—¡Ustedes, tomen asiento! ¡Y ya lo saben: con el pastel, juego limpio!

El Rey, estaba obligado a sentarse entre las dos inmensas bestias, ya que se encontraba evidentemente intranquilo y muy incómodo; pero no había otro lugar para él.

—¡Ahora qué lucha por la corona podríamos tener! —dijo el Unicornio viendo de reojo la corona, que el Rey casi dejaba caer de su cabeza, a fuerza de temblar.

—Yo ganaría con mucha facilidad —dijo el León.

—Yo no estoy tan seguro de eso —dijo el Unicornio.

—¡Vamos a ver, gallina, si te perseguí por toda la ciudad! —contestó iracundo el León, incorporándose a medias al charlar.

Aquí el Rey interrumpió para impedir que la discusión continuara.

—¿Alrededor de toda la ciudad? —dijo—. Es un largo sendero. ¿Se fueron por el puente viejo o por la plaza del mercado? La del puente viejo es la mejor vista.

—Lo ignoro —gruñó el León, echándose otra vez—. Había mucho polvo, por lo que no se podía ver nada. ¡Pero ese Monstruo tarda mucho en cortar el pastel!

Alicia se sentó en la orilla de un pequeño arroyo con el inmenso plato sobre las rodillas, y cortaba activamente el pastel con el cuchillo.

—¡Es muy irritante! —dijo, contestando al León (ya se había habituado a que la llamara «el Monstruo»)—. ¡He cortado varios trozos, pero siempre se unen otra vez!

—Tú desconoces cómo manipular los pasteles del Espejo —comentó el Unicornio—. Primero lo repartes y luego lo cortas.

A ella le parecía que eso era ilógico e insensato, pero Alicia, muy obediente, se puso de pie e hizo circular el plato. Entonces, el pastel se dividió por sí mismo en tres trozos.

—Ahora córtalo —dijo el León, cuando ella volvía a su sitio con el plato vacío.

—¡Esto no es objetivo ni imparcial! —gritó el Unicornio, al tiempo que Alicia se sentaba con el cuchillo en la mano, sin saber cómo comenzar—. ¡El Monstruo le dio al León el doble que a mí!

—De todas maneras, para ella no guardó nada —dijo el León—. ¿Monstruo, te gusta el pastel de pasas?

Pero antes de que Alicia pudiera responderle, comenzaron a sonar los tambores. Alicia no logró descubrir de dónde provenía el ruido: los redobles parecían llenar el aire y retumbar dentro de su cabeza hasta dejarla totalmente sorda. En su miedo, se puso en pie de un brinco y saltó sobre el pequeño arroyo. Sólo tuvo tiempo para ver que el...

****

...León y el Unicornio se ponían de pie, rabiosos cuando se interrumpió su festín, antes de caer de rodillas y colocarse las manos sobre los oídos, intentando, sin suerte, cerrarlos al espantoso estruendo.

«¡Si eso no los echa fuera de la ciudad —pensó para sí misma— nada lo logrará nunca!».

Capítulo VIII
Es mi propia invención

Después que pasó un tiempo, el ruido empezó a desaparecer en la lejanía hasta que se hizo un silencio absoluto y Alicia, algo sorprendida, alzó la cabeza. No se podía ver a nadie, y lo que pensó inicialmente era que el León, el Unicornio y esos raros Mensajeros anglosajones habían sido soñados. Pero, allí se encontraba, a sus pies, el plato inmenso sobre el que había tratado de cortar el pastel.

—Así que, después de todo, no lo soñé —pensó—. A menos… a menos que todos seamos parte de un mismo sueño. ¡Solamente deseo que sea mi sueño, y no el del Rey Rojo! No me gusta formar parte del sueño de otra persona —y siguió quejándose—: ¡Tengo ganas de acudir a despertarlo, para ver qué sucede!

En este momento sus pensamientos fueron interrumpidos por el grito muy fuerte de «¡Ah! ¡Ah! ¡Jaque!», y un Caballero, que llevaba una armadura carmesí, apareció a galope velozmente en su dirección, blandiendo una gran lanza. Cuando llegó junto a él, el caballero frenó violentamente.

—¡Tú eres mi prisionera! —gritó, mientras se caía del caballo.

A pesar del enorme susto, Alicia estaba más preocupada por él que por ella misma, y, cuando montó de nuevo, lo observó con cierta angustia. Apenas se encontró bien instalado en la montura, el jinete comenzó otra vez:

—¡Eres mi...! —pero en ese momento, otra voz interrumpió—: ¡Ah! ¡Ah! ¡Jaque! —y Alicia, sorprendida, miró alrededor buscando un nuevo adversario.

En esta ocasión era un Caballero Blanco, y cayó de su caballo como lo había hecho el Rojo. Luego volvió a montar, y ambos se miraron un rato desde sus sillas sin pronunciar palabra. Alicia, algo azorada, miraba a uno y a otro alternadamente.

—¡Lo sabes, ella es mi prisionera! —dijo por fin el Caballero Rojo.

—¡Sí, pero luego llegué yo y la rescaté! —contestó el Caballero Blanco.

—Entonces debemos pelear por ella —dijo el Caballero Rojo, mientras agarraba su yelmo (que colgaba de la montura, y tenía la forma de una cabeza de caballo) y se lo colocaba.

—¿Imagino que respetarás las reglas del combate? —señaló el Caballero Blanco, colocándose su yelmo también.

—Lo hago siempre —dijo el Caballero Rojo, y ambos comenzaron a golpearse tan furiosamente, que Alicia se escondió detrás de un árbol para ponerse fuera del alcance de los golpes de ellos.

—Yo me pregunto en qué consisten las reglas del combate —se dijo, mientras veía la lucha, asomando con temer la cabeza desde su escondite—. Una regla parece señalar que, si un Caballero golpea al otro, éste cae de su caballo, mientras que si yerra el golpe, él mismo cae... Y otra regla parece obligarlos a sostener sus lanzas con los brazos como si fueran títeres. ¡Y qué ruido hacen al caer! ¡Como atizadores cayendo en el guardafuego...! ¡Y qué quietos se mantienen los caballos! ¡Como si fueran mesas se dejan montar y desmontar!

Alicia tampoco había percibido otra regla de combate que parecía obligarlos a caer siempre de cabeza, y la batalla terminó cuando ambos se desplomaron juntos de ese modo. Ya de pie, se estrecharon las manos, y el Caballero Rojo montó y partió galopando.

—Fue un triunfo glorioso, ¿verdad? —dijo el Caballero Blanco casi sin aliento.

—No estoy tan segura —replicó Alicia dudando—. No quiero ser prisionera de nadie. Yo deseo ser una Reina.

—Sí, lo serás, una vez que hayas atravesado el siguiente arroyuelo —dijo el Caballero Blanco—. Te dejaré segura en la linde del bosque... y después debo regresar, como sabes. Allí mi misión finaliza.

—Estoy muy agradecida —dijo Alicia—. ¿Le puedo ayudar a quitarse el yelmo?

Él no podía arreglarse solo, eso era más que evidente, y la niña consiguió sacárselo finalmente.

—¡Ahhh, ahora se puede respirar con más facilidad! —dijo el Caballero, echándose hacia atrás con ambas manos el pelo hirsuto, y volviendo a Alicia una cara amable y grandes ojos dulces. Ella pensó que nunca en su vida había visto un soldado de aspecto tan curioso.

Llevaba puesta una armadura de lata que parecía sentarle muy mal, y tenía sujeta sobre la espalda una cajita de madera de forma rara, con la abertura hacia abajo y la tapa colgando, abierta. Alicia la miró con gran curiosidad y extrañeza.

—Me doy cuenta de que estás contemplado mi pequeña caja —dijo en tono amistoso el Caballero—. Yo mismo la inventé… para guardar ropa y bocadillos. Como ves, la llevo boca abajo para que la lluvia no entre.

—Pero se pueden salir las cosas —observó gentilmente Alicia—. ¿Usted sabe que está abierta, lo sabe?

—No, no lo sabía —dijo el Caballero, y una sombra de disgusto le atravesó la cara—. ¡Entonces todas las cosas se deben haber caído! Y la caja es inútil sin ellas. —Se la quitó de encima mientras hablaba, y ya estaba a punto de arrojarla entre los matorrales cuando una idea repentina pareció ocurrírsele, y la colgó cuidadosamente de un árbol—. ¿Adivinas por qué lo hago? —le preguntó a la niña.

Alicia movió la cabeza negativamente.

—Lo hago con la esperanza de que unas abejas hagan su nido en ella… Entonces, yo tendría la miel, seguro.

—Pero usted tiene una colmena, o algo semejante, amarrada a la montura —indicó Alicia.

—Sí, es una colmena muy buena —dijo el Caballero con tono descontento—. Una de las mejores. Pero ni una abeja se ha aproximado aún. Y la otra cosa es una ratonera. Supongo que los ratones ahuyentan a las abejas… o las abejas a los ratones, no estoy seguro.

—Yo me pregunto para qué la ratonera —comentó Alicia—. No es muy probable que sobre el lomo de un caballo haya algún ratón.

—Quizá no es muy probable —aceptó el Caballero—; pero, si vinieran, no querría tenerlos corriendo por todos los lugares.

»¿Te das cuenta? —siguió tras una pausa—. Más vale estar prevenido para cualquier cosa. Esa es la razón por la que el caballo tiene en las patas unas tobilleras».

—Pero, ¿para qué sirven? —preguntó Alicia con mucha curiosidad.

—Para protegerlo de las mordeduras de tiburones —replicó el Caballero—. Yo mismo lo inventé. Y ahora, ayúdame. Iré contigo hasta el final del bosque… ¿Para qué es ese plato, niña?

—Para el pastel de pasas —dijo Alicia.

—Es mejor que lo llevemos —dijo el Caballero—. Estará a mano si encontramos algún pastel de pasas. Ayúdame a meterlo en esta bolsa.

Mucho tiempo empleó en esta actividad, aunque Alicia sostenía cuidadosamente la bolsa abierta, porque el Caballero actuaba con mucha torpeza: los dos o tres primeros intentos terminaron con él dentro de la bolsa, en vez del plato.

—Como ves, es más bien estrecha —dijo, una vez que lograron meterlo—. ¡Hay tantos candeleros en la bolsa! —Y la colgó de la montura, que ya estaba cargada de zanahorias, atizadores, y muchas otras cosas—. Espero que tu cabello esté bien sujeto —siguió al tiempo que caminaban.

—Sólo de la manera acostumbrada —dijo Alicia, sonriendo.

—Eso no basta —dijo él, ansiosamente—. Mira que el viento es muy fuerte aquí. Es tan espeso que parece sopa.

—¿Ha inventado un método para evitar que el cabello vuele? —preguntó Alicia.

—Aún no —dijo el Caballero—. Pero poseo un método para evitar que se caiga.

—Me encantaría saber de qué se trata.

—Inicialmente tomas un palo bien derecho —dijo el Caballero—. Luego haces que tu cabello trepe por él, como un árbol frutal. Ahora bien, el cabello se cae porque cuelga hacia abajo... las cosas nunca caen hacia arriba, como sabes. Es un plan de mi propia invención. Si quieres, puedes probarlo.

Alicia pensó que no parecía ser un plan muy cómodo. Ella durante unos minutos caminó en silencio, pensando en la idea, y deteniéndose de vez en cuando para ayudar al pobre Caballero, que no era un buen jinete, por cierto.

Cuando el caballo se paraba (lo que hacía con mucha frecuencia), él se caía hacia adelante; y cada vez que arrancaba (por lo general, súbitamente), él se caía hacia atrás. Del resto, se mantenía en la montura bastante bien, salvo que tenía la costumbre de caerse de vez en cuando a los costados. Y como generalmente se caía del lado de Alicia, ésta descubrió muy pronto que lo mejor era no andar muy cerca del corcel.

—Me temo que usted no haya hecho mucha práctica de equitación —se atrevió a decir la niña, mientras le ayudaba, por quinta vez, a levantarse.

Parecía que al Caballero le asombró mucho y le ofendió un poco este comentario.

—¿Pero por qué dices eso? —preguntó, mientras subía de nuevo a la montura, sosteniéndose fuertemente del cabello de Alicia con una mano, para no caer por el lado contrario.

—Porque cuando la gente ha practicado mucho no se cae tanto.

—Yo sí he practicado mucho —dijo muy gravemente el Caballero—, tengo muchísima práctica, por supuesto.

A Alicia no se le ocurrió decir nada mejor que:

—¿Cierto?

Sin embargo, lo dijo con la mayor cordialidad posible. Tras lo cual siguieron un corto trecho en silencio. El Caballero, con los ojos cerrados, murmuraba para sí, y Alicia esperaba la próxima caída con mucha angustia.

—La equitación, un gran arte —empezó de pronto el Caballero, en voz baja— consiste en mantener... —Aquí, la frase finalizó con tanta violencia como había empezado, porque el jinete se cayó pesadamente de cabeza, hacia el lado por el que Alicia marchaba. Ella se asustó esta vez y, mientras le levantaba, dijo con temor:

—Sólo espero que no se haya roto ningún hueso, señor.

—Tranquila, ninguno del que valga la pena hablar —dijo el Caballero, como si no le importara partirse dos o tres huesos—. El gran arte de la equitación, como estaba diciendo, consiste en... mantener adecuadamente el equilibrio. Mira, algo así...

El Caballero soltó la brida y extendió los brazos para mostrarle a Alicia lo que quería decir, y esta vez cayó de plano sobre la espalda, bajo las patas del corcel.

—¡Sí, muchísima práctica! —fue repitiendo todo el tiempo, mientras Alicia volvía a ponerle sobre los pies—. ¡Muchísima práctica, por supuesto!

—¡Esto es demasiado absurdo y ridículo! —exclamó Alicia, que había perdido por completo la paciencia—. ¡Debería montar un caballo de madera con ruedas, eso debería montar, sí señor!

—¿Es tipo de caballo marcha con suavidad? —preguntó muy interesado el Caballero, rodeando con los brazos el cuello del corcel, justo a tiempo para evitar caer nuevamente.

—Sí, mucho más suavemente que un caballo con vida —dijo Alicia, dejando escapar una risita, a pesar de hacer todo lo que pudo.

—Obtendré uno —dijo para sí el Caballero, pensativamente—. Uno o dos... varios.

Después de esto se produjo un corto silencio, y luego el Caballero continuó:

—Tengo buena mano para inventar cosas. Me atrevería a decir que la última vez que me ayudaste a levantar debiste notar que se me veía algo concentrado, fijo en mi tarea.

—Estaba algo serio —dijo Alicia.

—Muy bien, en ese preciso instante estaba inventando un nuevo método para pasar una barrera... ¿Quisieras conocerlo?

—Sin duda, me gustaría mucho —dijo Alicia con diplomacia.

—Entonces te diré cómo lo pensé —dijo el Caballero—. Mira, me dije a mí mismo: «La única dificultad está en los pies: la cabeza ya está bastante alta». Ahora bien, apoyo la cabeza sobre la barrera... entonces la cabeza está bastante alta... luego me subo sobre la cabeza... entonces los pies están se encuentran bastante altos, ¿te das cuenta?... entonces la paso, ¿te das cuenta?

—Sí, imagino que la pasará haciendo eso —dijo Alicia, pensativa—, pero, ¿no le parece que sería un poco dificultoso?

—Aún no lo he probado —dijo gravemente el Caballero—, así que no lo puedo decir con seguridad... Pero temo que sería un poco arduo.

Pareció tan contrariado ante esa idea, que Alicia cambió rápidamente de tema.

—¡Qué yelmo tan extraño tiene! —dijo amablemente—. ¿Es invento suyo también?

El Caballero bajó la vista orgullosa hacia yelmo, que colgaba de la silla.

—Sí —dijo—, pero he inventado uno mejor que ése... como un cucurucho. Cuando lo usaba, si me caía del caballo, el yelmo tocaba el suelo instantáneamente. De manera que yo tenía que caer a muy poca distancia... Pero existía el peligro de caer dentro de él. Eso me sucedió una vez... y lo peor de todo fue que antes de que pudiera salir, vino el otro Caballero Blanco y se puso el yelmo, pensando que era el de él...

Alicia no se atrevió a reír, porque el Caballero parecía tan serio.

—Temo que le haya hecho daño —dijo con voz trémula—, estando sobre su cabeza...

—Tuve que patearlo, claro —dijo el Caballero muy serio—. Entonces se sacó el yelmo... Pero costó varias horas salir de allí. Estaba tan apretado como... como el rayo, ¿entiendes?

—Pero ese era un tipo distinto de aprieto —cuestionó Alicia.

El Caballero sacudió la cabeza.

—Te lo puedo asegurar: ¡Todos los tipos de aprietos me pasan a mí! —dijo.

Cuando habló alzó las manos un poco excitado, e instantáneamente rodó de la montura, cayendo de cabeza en una zanja profunda.

Con el fin de ayudarlo, Alicia corrió hacia el borde. Como durante un tiempo él se había mantenido muy bien sobre la silla, esta caída la cogió por sorpresa, y temía que esta vez el Caballero se hubiera lastimado verdaderamente. Pero, aunque no le pudo ver más que las suelas, al escucharle decir en el tono usual sintió mucho alivio:

—Todo tipo de aprietos... pero fue un descuido de su parte ponerse un yelmo ajeno... y, además, con el dueño dentro.

—¿Cómo puede estar cabeza abajo y seguir hablando tan tranquilamente? —preguntó Alicia, arrastrándole por los pies y amontonándole sobre la orilla.

El Caballero pareció asombrado con la pregunta.

—¿Pero, niña, qué importancia tiene la posición de mi cuerpo? —dijo—. Cualquiera que sea, mi mente continúa trabajando. De hecho cuanto más abajo está la cabeza, más cosas nuevas invento y logro crear.

—La cosa más inteligente que yo he hecho nunca —siguió tras una pausa— ha sido comer carne mientras creaba un nuevo pastel.

—¿A tiempo de cocinarlo para el siguiente plato? —dijo Alicia—. ¡Sin duda, fue un trabajo rápido!

—Bueno, no para el plato siguiente —dijo el Caballero, en voz baja y pensativa—. No, para el plato siguiente, por cierto.

—¿Entonces fue para el día siguiente? ¿Imagino que usted no querría en una comida dos platos de pastel?

—Bueno, no para el día siguiente —dijo como antes el Caballero—. No para el día siguiente. ¡En realidad —siguió bajando más y más la voz—, no creo que ese pastel fuera cocinado nunca! ¡Realmente, no creo que ese pastel sea cocinado jamás! Y sin embargo, ese pastel era una invención muy ingeniosa e innovadora.

—¿Pero de qué pensaba hacerlo? —se interesó Alicia, con la esperanza de alentarlo, porque el pobre Caballero parecía muy decaído y triste.

—Comenzaba con papel secante —respondió el Caballero, sollozando.

—Me temo que eso no resultara muy sabroso ni apetitoso…

—Solo no era muy sabroso —interrumpió él ansiosamente—. Pero tú no tienes idea de cómo cambia, mezclándolo con otras cosas… como pólvora y lacre. Y debo dejarte en este momento.

Alicia estaba pensando en el pastel, por lo que sólo atinó a mirar desconcertada.

—Niña, estás triste —dijo en tono ansioso el Caballero—; permíteme entonar una canción para que te consueles.

—¿Es demasiado larga? —preguntó Alicia, porque ya había escuchado ese día una buena dosis de poesía.

—Es muy larga —dijo el Caballero—. Pero es muy, muy hermosa. A todos los que me escuchaban entonarla... o les hace llorar, o les produce...

—¿O le produce qué? —dijo Alicia, porque el Caballero se había interrumpido repentinamente.

—O no, como sabes. La canción se llama *Ojos de róbalo*.

—Oh, ¿así se llama la canción? —dijo Alicia, tratando de interesarse.

—No, no comprendes —dijo el Caballero, que parecía un poco irritado—. Así es como la llaman. El nombre real es *El Hombre Viejo Viejo*.

—¿Entonces debería haber dicho: «¿Así es llamada la canción?» —Alicia se corrigió.

—¡No, eso es otra cosa completamente! La canción es llamada *Medios y arbitrios*, pero eso es solamente la manera en que es llamada, ¿entiendes?

—Bueno, ¿entonces, qué es la canción? —preguntó Alicia, que ya estaba completamente confundida.

—Sí, a eso estaba llegando —dijo el Caballero—. La canción realmente es *Sentado en un portón*, y yo mismo creé la música.

Mientras hablaba, detuvo el caballo, dejando caer las riendas sobre el cuello. Después, marcando lentamente el compás con una mano, y con una tenue sonrisa iluminando su tonta cara mansa, comenzó como si disfrutara la música de su canción.

De todas las cosas raras que Alicia vio en su viaje a través del espejo, ésta fue de la que siempre se acordó con mayor nitidez. Años después era capaz de rememorar toda la escena como si hubiera sucedido el día anterior... Los tiernos ojos azules y la sonrisa bondadosa del Caballero... el sol poniente que centelleaba sobre sus cabellos, y se reflejaba sobre la armadura en una llamarada de luz que casi la cegó... el caballo que se movía apaciblemente, con las riendas colgadas del cuello, y mordisqueando la hierba a los pies de la niña. Y detrás, las sombras oscuras del bosque... Alicia contemplaba todo esto como a un cuadro, mientras, dando sombra a sus ojos con una mano, se apoyaba contra un árbol y veía al curioso dúo, escuchando, medio en sueños, la melancólica música de la melodía.

—Pero no es de su invención la música —pensó—. Es *Ya te di todo, no puedo más.*

Se mantuvo inmóvil, oyendo muy atentamente, pero las lágrimas no brotaron de sus ojos.

Te contaré todo cuanto pueda;
poco me queda por narrar.
Vi a un hombre viejo viejo,
sentado en un portón.
«¿Quién eres, anciano? —le dije—.
¿Y cómo es que vives?»
Su respuesta se deslizó a través de mi cabeza
como agua a través de un colador.
Dijo: «Busco las mariposas
que duermen entre el trigo,

cocino con ellas empanadas de carne de carnero,
que vendo por la calle.
Se las vendo a esos hombres —continuó—
que navegan en mares tormentosos.
Y así consigo mi pan…
Una bagatela, con vuestro permiso.»

Pero yo estaba pensando en una forma
para teñirme las patillas de verde
y usar siempre un abanico tan grande
que hiciera imposible verlas.
De modo que, no sabiendo qué responder
a lo que el viejo me dijo,
grité: «¡Vamos, cuéntame cómo vives!»,
y le di un golpe en la cabeza.

Con dulce voz retomó la historia.
Me dijo: «Recorro los caminos,
y cuando descubro un arroyuelo de montaña,
lo hago arder en llamas,
y de ahí sacan un mejunje que llaman
Aceite Macassar de Rowland…
Sin embargo, dos peniques y medio
es todo lo que me dan por mi faena.»

Pero yo estaba meditando la forma
de alimentarse a golpes
y así, a día a día,
ir poniéndose más gordo.
De modo que sacudí al viejo por todos lados
hasta que la cara se le puso azul,

y le grité: «¡Vamos, dime cómo vives,
y qué es lo que haces!»

Dijo: «Cazo los ojos de róbalo
entre los brezos brillantes,
y los convierto en botones de chaleco
en la noche silenciosa.
Y no los vendo por oro
ni por moneda de brillo plateado,
sino por medio penique de cobre,
cantidad suficiente para comprar nueve.

»A veces cavo en busca de panecillos de mantequilla,
o pongo cola en las ramas, para cazar cangrejos.
A veces exploro los montecillos de hierba,
buscando ruedas de cabriolé.
De esa manera (hizo un guiño)
amaso mi fortuna.
Y muy contento
beberé a la salud de vuestra merced.»

Entonces le escuché, porque justamente había
completado mi proyecto
para preservar el Puente Menai del óxido
hirviéndolo en vino.
Le agradecí mucho por contarme
de qué manera obtenía su riqueza.
Pero principalmente por su deseo
de beber a mi noble salud.

Y ahora, si por casualidad pongo
mis dedos en la cola,
o locamente estrujo un pie derecho
en un zapato izquierdo,
o si dejo caer sobre el dedo de mi pie
un objeto muy pesado,
lloro, porque eso me recuerda mucho
a ese viejo que conocí…

Cuya mirada era bondadosa, cuyo hablar era pausado,
cuyo cabello era más blanco que la nieve,
cuyo rostro era como el de un cuervo,
con ojos que refulgían como brasas.
Que parecía perturbado por su pena,
que balanceaba su cuerpo de un lado a otro,
que murmuraba entre dientes y en voz baja
como si tuviera la boca buena de masa,
que resoplaba como un búfalo…
Aquella tarde de verano, hace mucho tiempo,
sentado en un portón.

Al entonar las últimas palabras de la balada, el Caballero tomó las riendas e hizo girar a su caballo, disponiéndolo para la vuelta.

—Solamente debes recorrer unas pocas yardas colina abajo —dijo—, y cruzar ese arroyuelo, y serás Reina... Pero, ¿te quedarás viéndome partir? —añadió, porque Alicia se había vuelto con vehemencia hacia la dirección señalada—. No tardaré mucho. ¡Tú esperarás y agitarás tu pañuelo cuando yo llegue a esa curva del camino! Pienso que eso me dará mucho valor, apreciada niña.

—Claro que esperaré —dijo Alicia—. Y muchas gracias por venir hasta tan lejos... y por la canción... Me encantó.

—Así lo espero —dijo dubitativamente el Caballero—. Pero no lloraste tanto como esperaba que lo harías, niña.

Se estrecharon las manos, y el Caballero cabalgó hacia el bosque lentamente.

—Imagino que no me llevará mucho tiempo verle partir —se dijo Alicia, mientras permanecía mirándole—. ¡Allá va! ¡La cabeza erguida, como de costumbre! Sin embargo, vuelve a montar con bastante facilidad... Eso es lo bueno de tener tantas cosas colgadas alrededor del corcel...

De esta manera continuó hablándose, mientras miraba a la cabalgadura marchar muy despacio por el camino, y al Caballero desplomándose, primero para un lado y luego para el otro. Después de la cuarta o quinta caída, el jinete alcanzó la curva, y entonces ella agitó su pañuelo, y aguardó hasta que ya no lo vio.

—Ojalá esto le haya animado —dijo Alicia, girando para correr colina abajo—. ¡Y ahora, el último arroyo, y a ser Reina! ¡Qué magnífico suena! Muy pocos pasos la llevaron a la orilla del pequeño arroyuelo.

—¡Finalmente la Octava Casilla! —gritó, mientras lo cruzaba de un brinco y se dejaba caer, para descansar, sobre un prado tan suave como el musgo, salpicado aquí y allá por flores que formaban auténticos y pequeños lechos.

****

—¡Oh, qué feliz estoy de haber llegado! ¿Y qué es esto en mi cabeza? —exclamó en tono asustado, elevando las manos hacia algo muy pesado que se ajustaba alrededor de su cabeza con mucha firmeza.

—No entiendo cómo pudo llegar esto aquí sin que yo me haya enterado —se dijo, alzándolo y colocándolo sobre un regazo para averiguar de qué se trataba.

Era una corona de oro.

Capítulo IX
Alicia Reina

—¡Muy bien, esto es maravilloso! —exclamó Alicia—. ¡Jamás pensé que sería Reina tan rápido!... ¡Y le comentaré, Su Majestad —siguió con severidad (siempre fue un poco aficionada a regañarse)—, que no está bien que se encuentre tendida sobre la hierba de esa manera! ¿Sabe? ¡Las Reinas, ya se sabe, han de guardar su dignidad!

Da manera que se puso de pie y comenzó a pasearse, algo rígida al comienzo, porque temía que la corona se le cayera. Pero la idea de que no había nadie que pudiera verla la tranquilizó.

—...y si verdaderamente soy una Reina —dijo mientras volvía a sentarse—, seré capaz de ingeniármelas muy bien a su tiempo justo.

Todo ocurría de una manera tan rara que no se sintió nada sorprendida al descubrir a la Reina Roja y a la Reina Blanca sentadas junto a ella, una a cada lado: le hubiera gustado mucho preguntarles cómo habían llegado, pero temió que eso no fuera del todo correcto. Sin embargo, le dio la impresión de que no habría nada malo en preguntar si la partida había finalizado.

—¿Me querría decir, por favor...? —comenzó con timidez mirando a la Reina Roja.

—¡Sólo habla cuando te hablen! —la interrumpió la Reina con sequedad.

—Por Dios, si todo el mundo obedeciera ese precepto... —cuestionó Alicia, siempre dispuesta para una pequeña discusión— y si usted sólo hablara cuando alguien le hablase, y la otra persona siempre esperara que usted empezara a hablar, nadie podría decir nada jamás, de manera que...

—¡Absurdo, ridículo, ilógico! —exclamó la Reina—. ¿No te das cuenta, niña...? —aquí se interrumpió frunciendo el ceño y, después de un instante de reflexión, cambió repentinamente de tema—. ¿Qué quisiste decir con eso de «Si verdaderamente eres una Reina»? ¿Pero con qué derecho te llamas así? Tú no puedes ser Reina, ¿entiendes?, hasta que hayas pasado el examen que corresponde. Y cuanto antes empecemos mejor para todos.

—¡Yo solamente dije «si»! —se defendió la desdichada Alicia.

Las Reinas se vieron, y la Reina Roja indicó, con un pequeño estremecimiento:

—Ella dice que solamente dijo «si»...

—¡Ella dijo mucho más que eso! —sollozó la Reina Blanca, frotándose las manos—. ¡Oh, sí, muchísimo más que eso!

—¿Sabes? Eso hiciste? —dijo la Reina Roja a Alicia—. Siempre di la verdad... piensa antes de hablar... y luego escríbelo.

—Yo estoy segura de que no tuve intención... —empezó Alicia, pero la Reina Roja la interrumpió con impaciencia.

—¡Me quejo de eso justamente! ¡Deberías tener intención! ¿Para qué crees que sirve una niña sin ninguna intención? ¡Hasta un chiste tiene alguna intención! Y una niña es más importante que un chiste, creo. No podrías negarlo, aunque lo intentaras con las dos manos.

—Con las manos no niego cosas —reclamó Alicia.

—Pero nadie ha dicho que lo hagas —dijo la Reina Roja—. He dicho que no podrías aunque lo intentaras.

—Ella se encuentra en ese estado mental —dijo la Reina Blanca— en que se necesita negar algo… ¡Solamente que no sabe qué negar ni cómo!

—¡Sin duda, un carácter detestable, vicioso! —comentó la Reina Roja. Después se produjo un incómodo silencio, que tuvo un par de minutos de duración.

La Reina Roja lo rompió diciéndole a la Reina Blanca:

—Yo te invito esta tarde al banquete que dará Alicia.

La Reina Blanca sonrió débilmente y comentó:

—Y yo te invito a ti.

—Pero ignoraba que yo diera una comida —dijo Alicia—, pero si va a haber una, creo que a los invitados los debería elegir yo.

—Ya te dimos la oportunidad de hacerlo —comentó la Reina Roja—, pero me atrevo a decir que aún no has recibido muchas lecciones de modales y de buena educación.

—Disculpe, los modales no se enseñan con lecciones —dijo Alicia—. Las lecciones enseñan a hacer sumas, y cosas similares.

—¿Tú sabes sumar? —preguntó la Reina Blanca—. ¿Cuánto es uno más uno más uno más uno más uno más uno más uno más uno más uno? ¿Cuánto es?

—No lo sé —dijo Alicia—. Ya perdí la cuenta.

—¿Ves? No sabe sumar —interrumpió la Reina Roja—. ¿Sabes restar? A nueve quítale ocho.

—Nueve a ocho, eso no se puede —respondió con rapidez Alicia—, pero…

—Tampoco sabe restar —dijo la Reina Blanca—. ¿Sabes dividir? Divide entonces un pan con un cuchillo… ¿cuál es el resultado de eso?

—Imagino… —empezó Alicia, pero la Reina Roja contestó por ella:

—Pero, claro, pan con mantequilla. Prueba otra resta. A un perro le quitas u hueso: ¿qué queda?

Alicia pensó. «Sin duda, el hueso no quedaría, si se lo he quitado… y el perro no quedaría: vendría a morderme… ¡y estoy segura de que yo tampoco quedaría!»

—Dime, ¿entonces crees que no quedaría nada? —preguntó la Reina Roja.

—Pienso que esa es la respuesta.

—Como de costumbre, equivocada —dijo la Reina Roja—. Quedaría la tranquilidad del perro.

—Pero yo no veo cómo…

—¡Muy bien, mira esto! —gritó la Reina Roja—. El perro perdería la calma, ¿sí o no?

—Tal vez —replicó con cautela Alicia.

—¡Entonces, si el perro se marchara, quedaría su calma! —exclamó la Reina en son de victoria.

Alicia cuestionó, con toda la seriedad posible:

—Los dos podrían irse en direcciones diferentes —pero no pudo dejar de pensar: «¡Qué disparates tan espantosos estamos diciendo!».

—¡Ni un poquito, ella no sabe sumar ni un poquito! —afirmaron a coro las Reinas, con mucho énfasis y vehemencia.

—¿Y usted sabe sumar? —preguntó Alicia, dirigiéndose bruscamente a la Reina Blanca, porque no le agradaba mucho que le señalaran los errores.

La Reina cerró los ojos y abrió la boca.

—Sí sé sumar —dijo—, si me dan tiempo… ¡pero bajo ninguna circunstancia sé restar!

—Sin duda, ¿conoces el abecedario? —indagó la Reina Roja.

—Claro que lo conozco —dijo Alicia.

—Yo también —susurró la Reina Blanca—. Querida, lo diremos juntas frecuentemente. Y te contaré un secreto… ¡También sé leer palabras de una letra! ¿No te parece maravilloso? Pero no te desanimes. Con el tiempo llegarás a hacerlo.

En ese instante, la Reina Roja intervino de nuevo.

—¿Puedes contestar a asuntos prácticos? —preguntó—. ¿El pan de qué está hecho?

—¡Eso lo sé! —gritó Alicia con pasión—. Se coge un poco de harina…

—¿Dónde recoges la flor? —preguntó la Reina Blanca—. ¿En los setos o en un jardín?

—Bueno, jamás se le recoge… —explicó Alicia—, está molida…

—¿Pero cuántas hectáreas de tierra? —dijo la Reina Blanca—. No debes omitir tantos detalles.

—¡Por favor, abanícale la cabeza! —interrumpió la Reina Roja, angustiada—. Después de pensar tanto debe tener fiebre.

De manera que la abanicaron con manojos de hojas, hasta que la despeinaron tanto que tuvo que suplicarles que ya no lo hicieran más.

—Ya está bien otra vez —dijo la Reina Roja—. ¿Sabes idiomas? ¿Cómo se dice «fiddle-de-dee» en francés?

—«Fiddle-de-dee» no es una palabra en inglés —replicó Alicia seriamente.

—¿Pero quién dijo que lo fuera? —dijo la Reina Roja.

En esta ocasión, Alicia creyó descubrir un medio para sortear la dificultad.

—¡Si usted me dice a qué idioma pertenece «fiddlede-dee», yo le diré cómo se dice en francés! —exclamó victoriosamente.

Pero la Reina Roja se puso tiesa de la furia y dijo:

—Las Reinas jamás hacen tratos.

«Me encantaría que jamás hicieran preguntas», pensó Alicia.

—¡No nos peleemos! —dijo la Reina Blanca ansiosa—. ¿Cuál es el motivo de que se produzca el rayo?

—La causa del rayo —afirmó Alicia con decisión, porque de esto estaba muy segura— es el trueno… ¡No, no! —se corrigió rápidamente—, yo quise decir exactamente lo contrario.

—Ya es demasiado tarde para corregirlo —dijo la Reina Roja—. Cuando has dicho algo, ahí queda, y debes aceptar todas las consecuencias.

—Lo que me recuerda… —dijo la Reina Blanca, bajando la mirada y retorciéndose las manos nerviosamente—

que tuvimos tal tormenta el martes último... Como sabes, quiero decir un martes de la última serie de martes.

Alicia se confundió.

—En nuestro país —indicó— solamente hay un día a la vez.

—Una pobre y muy mezquina forma de hacer las cosas —dijo la Reina Roja—. Aquí, tenemos comúnmente dos o tres días y noches a la vez, y a veces, en invierno, nos tomamos como cinco noches juntas... por el calor, ¿entiendes?

—¿Entonces, cinco noches son más calurosas que una, entonces? —se atrevió a preguntar Alicia.

—Por supuesto, cinco veces más calurosas.

—Pero, por el mismo motivo, podrían ser cinco veces más frías...

—¡Exactamente! —gritó la Reina Roja—. ¡Cinco veces más calurosas, y cinco veces más frías... así como yo soy cinco veces más rica que tú, y cinco veces más inteligente!
Alicia se resignó, suspirando. «¡Es justamente como una adivinanza que no tiene solución!», se dijo.

—También lo vio Humpty Dumpty —siguió la Reina Blanca en voz baja, como hablando consigo misma—. Se acercó a la puerta con un sacacorchos en la mano...

—¿Pero qué deseaba? —dijo la Reina Roja.

—Dijo que deseaba entrar —siguió la Reina Blanca—, porque buscaba un hipopótamo. Pero ocurrió que esa mañana en casa no había tal cosa.

—¿Pero es que suele haberla? —preguntó Alicia con aire sorpresivo.

—Bueno, solamente los jueves.

—Yo sé para qué fue —dijo Alicia—. Quería castigar al pez, porque...

Aquí la Reina Blanca comenzó nuevamente.

—¡Fue una tempestad tal, no te lo puedes imaginar! —(«Jamás podría, lo sabes», dijo la Reina Roja)—. ¡Parte del techo voló, y entraron tantos truenos... e iban rodando por la habitación en muchos montones... y golpeaban las mesas y las cosas... hasta que estuve tan asustada que no me podía acordar ni de cómo me llamaba!

«¡Yo jamás trataría de recordar mi nombre en medio de un accidente! ¿Para qué sería útil?», pensó Alicia, pero no lo dijo por miedo a herir los sentimientos de la infortunada Reina.

—Su Majestad debe disculparla —dijo la Reina Roja a Alicia, agarrando una mano de la Reina Blanca y acariciándosela con suavidad—. Tiene muy buenas intenciones, pero generalmente no puede evitar decir estupideces.

Con timidez, la Reina Blanca vio a Alicia, que sintió que debía decir algo amable, pero realmente no se le ocurrió nada en el instante.

—¡Realmente, jamás la educaron bien —siguió la Reina Roja—, pero su buen carácter es asombroso! ¡Palméale la cabeza, y verás cómo le agrada! Pero esto era más que lo que Alicia se atrevía a realizar.

—Algo de amabilidad... y hacerle la permanente... harían maravillas con ella...

La Reina Blanca lanzó un hondo suspiro, y apoyó la cabeza en el hombro de Alicia.

—¡Ayy, tengo tanto sueño! —sollozó.

—¡Pobrecita, está cansada! —dijo la Reina Roja—. Alísale los cabellos... préstale tu gorro de dormir... y cántale una melodía de cuna que la tranquilice.

—Aquí no tengo un gorro de dormir —dijo Alicia, al tiempo que trataba de seguir la primera directiva—, y no conozco ninguna melodía de cuna sedante.

—Entonces, tendré que hacerlo yo —dijo la Reina Roja, y comenzó:

¡Duérmete, Reina, en el regazo de Alicia!
Hasta que empiece la fiesta, hay tiempo para una siesta.
Cuando la fiesta acabe, iremos a bailar...
¡La Reina Roja, la Reina Blanca, Alicia y todas las demás!

—Y como ya conoces la letra —añadió, apoyando la cabeza en el otro hombro de Alicia—, cántala para mí. También me está entrando sueño.

En un momento, las dos Reinas estuvieron completamente dormidas, y roncaban vigorosamente.

—¿Qué haré ahora? —exclamó confundida Alicia, mirando primero a una cabeza y después a la otra, que habían rodado de sus hombros y yacían pesadamente en su regazo—. ¡No creo que jamás alguien haya tenido a su cuidado dos Reinas dormidas a la vez! ¡No, ni siquiera en toda la Historia de Inglaterra!... No podría ser, porque nunca hubo más de una Reina a la vez. ¡Vamos, despierten ya, pesadas! —continuó con impaciencia. Pero sólo recibió como respuesta un ronquido muy suave.

Progresivamente, el ronquido se hizo más nítido, y cada vez se parecía más a una canción. Finalmente, Alicia hasta pudo distinguir palabras. Escuchaba tan atentamente, que cuando las dos cabezotas desaparecieron de pronto de su regazo, lo notó apenas.

Se encontraba de pie frente a un portal sobre el que decía, en grandes letras, «reina Alicia». A cada lado del arco de la puerta había un llamador de campanilla. Uno, señalado como «Campanilla para Visitantes», y el otro como «Campanilla para Sirvientes».

«Esperaré a que finalice la canción —pensó Alicia— y luego tocaré la... la... ¿cuál debo tocar? —siguió, muy confundida por los nombres—. No soy un visitante, y no soy un sirviente. Entonces debería estar escrita la palabra «Reina....».

Justo en ese momento la puerta se abrió un poco, y una criatura de largo pico asomó la cabeza un instante y exclamó:

—¡Hasta dentro de dos semanas no se admite a nadie! —y cerró la puerta con fuerza.

En vano, Alicia golpeó y tocó la campanilla durante largo rato; por fin, una Rana muy vieja, que estaba sentada bajo un árbol, se levantó y se acercó cojeando lentamente. Calzaba enormes botines y vestía de amarillo brillante.

—¿Ahora qué pasa? —la Rana habló en un susurro profundo y áspero.

Alicia se dio la vuelta, preparada para culpar a cualquiera.

—¿Dónde se encuentra el criado que debe contestar a la puerta? —empezó airadamente.

—¿Pero qué puerta? —quiso saber la Rana.

Tanto arrastraba las palabras, que Alicia casi pataleó irritada.

—¡Esta puerta, sin duda!

La Rana miró la puerta durante un minuto con grandes ojos embotados. Luego se acercó más y la frotó con el pulgar, como para probar si la pintura se desprendía. Luego miró a Alicia.

—¿Contestar a la puerta? —dijo—. ¿Qué ha preguntado?

Habló tan roncamente que Alicia apenas pudo escucharla.

—No sé qué quiere decir —dijo.

—¿Pero es que hablo inglés o no? —siguió la Rana—. ¿O eres sorda? ¿Qué te dijo?

—¡Nada! —dijo Alicia impaciente—. ¡La he estado golpeando!

—No deberías haberlo hecho… no deberías haberlo hecho… ¿Sabes? Eso la enfurece.

Entonces avanzó y propinó a la puerta una patada con uno de sus pies inmensos.

—Déjala sola —jadeó, mientras cojeaba de vuelta a su árbol— y te dejará sola, ¿sabes?

En ese instante la puerta se abrió de par en par, y se oyó una voz aguda que cantaba:

En el mundo del Espejo, Alicia decía:
«Llevo un cetro en la mano, una corona sobre la cabeza.
Que todas las criaturas del Espejo, quienesquiera que sean,
vengan a comer con la Reina Roja,
con la Reina Blanca y conmigo!»

Y cientos de voces se unieron en coro:

¡Así pues, llenad las copas tan pronto como podáis,
y adornad la mesa con botones y salvado!
¡Poned gatos en el café, y ratones en el té…!
¡Y dad la bienvenida a la Reina Alicia treinta veces tres!

Luego siguió un confuso ruido de aplausos, y Alicia pensó: «Treinta veces tres hacen noventa. ¿Habrá alguien llevando la cuenta?» En un momento hubo silencio otra vez, y la misma voz aguda cantó este verso:

«¡Oh, criaturas del Espejo —dijo Alicia—, acercaos!
¡Es un honor verme, un favor escucharme:
es un gran privilegio comer y tomar té con la Reina Roja,
con la Reina Blanca y conmigo!

De nuevo las voces corearon:

¡Así pues, llenad los vasos con melaza y tinta,
o con cualquier otra cosa agradable de beber;
mezclad arena con la sidra, y lana con el vino...
Y dad la bienvenida a la Reina Alicia noventa veces nueve!

—¡Noventa veces nueve! —repitió Alicia con desesperación—. ¡Oh, eso no finalizará jamás. Será mejor entrar inmediatamente... —Entró, y se produjo un silencio sepulcral.

Al tiempo que avanzaba por la gran sala, echó un vistazo nervioso a la mesa, y notó que había cerca de cincuenta invitados, de todas clases: algunos eran cuadrúpedos, algunos pájaros, y hasta entre ellos había unas cuantas flores.

«Me alegro de que hayan venido sin que se los invite —pensó—. ¡Nunca hubiera sabido a quién había que invitar!».

Se encontraban tres sillas en la cabecera de la mesa: las Reinas Roja y Blanca ocupaban dos, pero la del medio estaba vacía. En ésa se sentó Alicia, algo incómoda por el silencio, y anhelando que alguien le dirigiera la palabra.

Finalmente, la Reina Roja comenzó:

—Te perdiste el pescado y la sopa —dijo—. ¡Traigan la carne!

Y los sirvientes pusieron una pierna de carnero ante Alicia, que la miró ansiosa, porque jamás había tenido que trinchar un cuarto.

—Se te ve algo tímida; permíteme presentarte a esta pierna de carnero —dijo la Reina Roja—. Alicia... carnero: carnero... Alicia.

La pierna de carnero se puso de pie en el plato y le hizo una reverencia a la niña, que la retribuyó sin saber si debía divertirse o asustarse.

—¿Le puedo dar una tajada? —dijo, cogiendo el tenedor y el cuchillo, y mirando de una Reina a la otra.

—Claro que no —dijo la Reina Roja, muy decididamente—. La etiqueta no permite cortar a alguien a quien has sido presentada. ¡La pierna, llévense la pierna!

Los sirvientes se la llevaron, y en su lugar colocaron un pastel muy grande.

—Por favor, no quiero ser presentada al pastel —se apuró a decir Alicia—; o ya no tendremos cena. ¿Le puedo ofrecer un poco?

Pero la Reina Roja parecía malhumorada, y dijo gruñendo:

—Pastel… Alicia: Alicia… Pastel. ¡Llévense el pastel!

Los sirvientes se lo llevaron tan deprisa, que Alicia no pudo devolver la reverencia.

Pero Alicia no veía por qué la Reina Roja debía ser la única que diera órdenes. De manera que, como un experimento, gritó:

—¡Sirviente! ¡Traiga de vuelta el pastel!

Y el pastel regresó en un instante, como si fuera un truco de prestidigitación. Era enorme, por lo que la niña no pudo evitar sentirse algo molesta ante él, como lo había estado con la pierna del cordero. Pero dominó su timidez mediante un gran esfuerzo, cortó una tajada y se la mostró a la Reina Roja ofreciéndosela.

—¡Pero qué impertinencia! —dijo el Pastel—. ¿Eh, criatura, qué te parecería si yo cortara un pedazo de ti?

Alicia sólo permaneció sentada, mirándole con la boca abierta.

—¡Pero responde! —dijo la Reina Roja—. ¡Es ridículo dejar toda la conversación a cargo del pastel!

—¿Sabe usted?, me han recitado tantas poesías hoy —empezó Alicia, un poco atemorizada al notar que en el instante en que separó sus labios se produjo un silencio absoluto, y que todos los ojos se fijaron en ella—, y es una cosa muy rara, me parece... todos los poemas versaban sobre peces, de algún modo. ¿Acaso sabe por qué son aquí tan aficionados a los peces?

Se dirigió a la Reina Roja, cuya respuesta tuvo poca relación con la pregunta, o casi nada.

—En lo referente a peces —dijo muy lenta y solemnemente, y pegando su boca al oído de Alicia—, su Majestad Blanca sabe una encantadora adivinanza... toda en verso... toda sobre peces. ¿La recitará usted?

—Su Majestad Roja es muy gentil al mencionarla —murmuró la Reina Blanca en el otro oído de Alicia—. ¡Me gustaría tanto hacerlo! ¿Puedo?

—Por favor, dígala —dijo muy amablemente Alicia.

La Reina Blanca rió complacida y acarició la mejilla de Alicia. Después comenzó:

«Primero, hay que pescar el pez.»
Eso es fácil: un niño, creo, podría atraparlo.
«Después, el pez debe ser comprado.»
Eso es fácil. Un penique, creo, podría comprarlo.

«¡Ahora, cocinadme el pez!»
Eso es fácil, y no llevará solamente un minuto.
«¡Colocadlo en una fuente!»
Eso es fácil, porque ya está en ella.

«¡Traedlo aquí! ¡Dejadme comer!»
Es fácil poner semejante plato en la mesa.
«¡Levantad la tapa!»
¡Ah, eso es tan difícil que temo no poder!

Porque está pegada como con cola…
Se coge la tapa a la fuente,
mientras el pez queda en el medio:
¿Qué es más fácil hacer?
¿Descubrir al pez o descubrir la adivinanza?

—Piénsalo durante un minuto, y luego adivina —dijo la Reina Roja—. Mientras tanto, beberemos a tu salud… ¡A la salud de la Reina Alicia! —con toda su fuerza chilló.

Inmediatamente, los invitados empezaron a beber y de manera muy extraña, algunos se pusieron los vasos en la cabeza como tapavelas, y bebían lo que se les escurría por las caras… otros volcaron las botellas, y tomaban el vino que goteaba de los bordes de la mesa… y tres de ellos (que parecían canguros) brincaron a la fuente del cordero asado, y se pusieron a lamer con ansias la salsa, y Alicia pensó «parecen cerdos en el comedero».

—¿Por qué no pronuncias un discurso de agradecimiento? —dijo la Reina Roja, frunciendo el ceño.

—¿Sabes? Nosotras te sostendremos —murmuró la Reina Blanca, mientras Alicia se levantaba, muy obediente, pero con un poco de miedo.

—Muchas gracias —susurró en respuesta—, pero puedo hacerlo muy bien sin que me sostengan.

—Eso no sería conveniente de ninguna manera —dijo con mucha autoridad la Reina Roja. De modo que Alicia intentó someterse a ello de la mejor forma posible.

(«¡Pero me apretaban tanto! —dijo después cuando le narraba a su hermana la historia del banquete—. ¡Se hubiera dicho que deseaban aplanarme!»).

Le resultó muy difícil, de hecho, permanecer en su sitio mientras decía su discurso: las dos Reinas la empujaban tanto, una de cada lado, que casi la alzaron en el aire.

—Me levanto para agradecerles… —comenzó Alicia; y realmente, mientras hablaba, se levantó varios centímetros; pero, sujetándose del borde de la mesa, se las arregló para bajar otra vez.

—¡Cuídate! —chilló la Reina Roja, agarrando los cabellos de Alicia con las dos manos—. ¡Algo va a suceder!

En ese momento oyó una risa áspera a su lado, y se dio la vuelta para ver qué le pasaba a la Reina Blanca; pero, en lugar de la Reina, allá estaba, sentada en la silla, la pierna del cordero.

Y entonces (según Alicia lo describió luego) ocurrieron todo tipo de cosas en un momento. Las velas aumentaron de tamaño hasta llegar al techo, y parecían juncos con fuegos artificiales en las puntas. En lo referente a las botellas, cada una se apoderó de un par de platos, rápidamente se los adosaron como alas, y así, utilizando tenedores a manera de patas, se marcharon revoloteando en todas direcciones. «Y se asemejan mucho a pájaros», pensó Alicia, tan bien como logró hacerlo en medio de la horrible confusión que comenzaba.

—¡Aquí me encuentro! —gritó una voz desde la sopera, y Alicia giró de nuevo la cabeza, en el instante justo para mirar la cara grande y bonachona de la Reina, sonriéndole por un momento sobre el borde de la sopera, antes de diluirse en la sopa.

Ya no había tiempo que perder. Varios invitados estaban tendidos en las fuentes, y el cucharón andaba por la mesa hacia la silla de Alicia, haciéndole impacientes muecas para que le dejara el paso libre.

—¡Esto no lo puedo aguantar por más tiempo! —gritó ella, brincando y agarrando el mantel con las dos manos: un buen tirón, y platos, fuentes, invitados y candelabros cayeron en montón al suelo estrepitosamente.

—Y con respecto a ti —siguió Alicia,

dirigiéndose furiosa a la Reina Roja, a quien consideraba como la culpable de todo el desastre... pero la Reina ya no estaba junto a ella... repentinamente se había reducido a la estatura de una muñequita, y ahora caminaba sobre la mesa, corriendo con júbilo en círculos en pos de su propio mantón, que arrastraba tras de sí.

Esto hubiese asombrado a Alicia en cualquiera otra ocasión, pero ahora estaba demasiado eufórica como para que algo la sorprendiera.

—¡En lo que a ti se refiere —dijo agarrando a la criaturita en el preciso instante que brincaba sobre una botella que se acababa de colocar sobre la mesa—. ¡Te voy a sacudir hasta transformarte en un gatito. ¡Sí, eso haré!

Capítulo X
La sacudida

Al tiempo que charlaba, la alzó de la mesa y la dio unas sacudidas hacia atrás y hacia adelante con todas sus fuerza.

No hubo resistencia por parte de la Reina Roja. Únicamente que su cara se volvió muy pequeña, y sus ojos se pusieron grandes y verdes: y mientras Alicia continuaba dándole sacudidas, ella se ponía más pequeña… y más gorda… y más suave… y más redonda… y…

Capítulo XI
Despertar

… y en realidad era una gatita, después de todo.

Capítulo XII
¿Quién lo soñó?

—Su Majestad Roja no debería ronronear con tanta fuerza —dijo Alicia mientras se frotaba los ojos, y hablando con la gatita con mucho respeto, pero con algo de severidad—. ¡Me despertaste de un hermoso sueño! Y tú estabas a mi lado, Kitty, en el mundo que se encontraba al otro lado del Espejo. Pero, ¿acaso lo sabías, querida?

Es un hábito muy poco conveniente de los gatitos (Alicia una vez hizo la observación) que siempre ronronean cuando se les dice algo. «Si por lo menos ronronearan para decir «sí», y para decir «no» maullaran o siguieran alguna norma de ese tipo —había comentado ella—, de manera que uno pudiera mantener una charla. ¿Pero cómo se puede conversar con alguien si dice lo mismo siempre?».

En esta oportunidad la gatita solamente ronroneó, por lo que no era posible adivinar si quería decir «sí» o «no».

Entonces, Alicia revisó sobre la mesa, entre las piezas de ajedrez, hasta que descubrió a la Reina Roja: así que se puso de rodillas sobre la alfombra de la chimenea, y colocó frente a frente al gatito y a la Reina.

—¡Ahora, Kitty —dijo aplaudiendo triunfalmente—, confiesa que te convertiste en eso!

(«Sin embargo, no quiso mirarla —dijo después, al comentarle esto a su hermana—. Giró la cabeza e hizo que no la había visto. Pero daba la impresión de que estaba algo avergonzada de sí misma, así que pienso que ella era la Reina Roja»).

—¡Querida, siéntate un poco más derecha! —exclamó Alicia con una risa de júbilo—. ¡Y realiza una reverencia al tiempo que analizas qué vas a… que vas a ronronear. ¡Recuerda que eso permite ganar tiempo!

Y la alzó y le dio un besito «por el honor de haber sido una Reina Roja».

—¡Mi favorita, Copo de Nieve! —continuó mirando sobre su hombro a la Gatita Blanca, que aún aguantaba con paciencia su acicalamiento—. ¿Cuándo finalizará Dinah con su Majestad Blanca? Ese debió ser el motivo por el que estabas en mi sueño tan desarreglada. ¡Dinah! ¿Sabes que te estás metiendo con una Reina Blanca? ¡Sinceramente, eso es muy poco respetuoso de tu parte!

"¿Y en qué se transformó Dinah? —continuó charlando al tiempo que se colocaba con mucha comodidad sobre el suelo, con un codo colocado sobre la alfombra y la barbilla en la mano, para ver a los pequeños gatitos—. ¿Dinah, dime, te convertiste en Humpty Dumpty? Yo pienso que sí… pero, será mejor que aún no se lo digas a tus amigos, porque yo no estoy segura.

"Kitty, por cierto, si realmente has estado a mi lado en mi sueño, hay algo que te hubiese agradado… ¡Me dijeron innumerables versos, todos hablaban de peces! Tendrás un auténtico banquete mañana por la mañana. ¡Cuando estés desayunando, te recitaré *La Morsa y el Carpintero*, y entonces, querida, creerás que son ostras!

"Ahora, Kitty, pensemos en quién soñó todo eso. Querida, este es un asunto serio, y no debes seguir lamiéndote así la pata… ¡Como si ya Dinah no te hubiera dado un lavado esta mañana! Kitty, mira, quizá fue el Rey Rojo o fui yo. Claro, él formaba parte de mi sueño… pero, por otro lado, yo también formaba parte de su sueño. ¿Kitty, acaso fue el Rey Rojo? Mi querida, tú eres su esposa, de manera que tendrías que saberlo… ¡Oh, Kitty, ayúdame a solucionarlo! ¡Yo sé que tu pata puede esperar!».

Pero el gatito exasperante sólo comenzó con la otra pata, e hizo como que no había oído la pregunta de Alicia.

¿Quién creéis vosotros que lo soñó?

Bajo un soleado cielo una barca
se desliza con pereza
en una tarde de julio…

Tres niñas acurrucadas,
con ojos ansiosos y oído atento,
quieren oír un sencillo cuento…

Ese cielo radiante palideció mucho;
los ecos se apagan y su recuerdo fallece:
las heladas de otoño mataron a julio.

Pero, todavía danza alrededor, como un fantasma,
Alicia deambulando bajo cielos
que nunca ojos mortales vieron.

Para oír el cuento, otros niños,
con ojos ansiosos y oído deseoso,
se acurrucan amorosamente a mi lado.

Se encuentran en un País de las Maravillas.
Soñando mientras los días pasan,
soñando mientras perecen los veranos.

Deslizándose corriente abajo siempre…
deteniéndose, demorándose en el rayo dorado…
Pero, ¿acaso la vida,
no es más que un simple sueño?

Índice